日本人の一大事

佐藤愛子

集英社文庫

日本人の一大事

目次

日本人の一大事

序

それでもいいんですか？　じゃあいいましょう。

何をしゃべれというんです？　もうこの頃は何をいう元気もなくなりましたよ。ああ昔は元気だったなあ。おかまいなしにいいたいことをいってたなあと、我ながら感心したり呆《あき》れたり。それだけエネルギーがあったということかしら。人がどう思おうが、わかろうがわかるまいが、いわずにいられないという——これは父祖より伝わった佐藤家の突進力ね。馬力《ばりき》です。

八十になった今は、当然パワーはなくなりました。でもパワーの問題だけじゃない。私のいうこと、考え方なんか、わかる人はいないんだっていう——そう、無力感ですよ。それが先に立つの。今思うと以前だって、同じだったのかもしれないんだけれど、でもその頃は少なくとも基礎は同じ、という信頼感があったわね。いえばわかる、賛成はしないけれど、キモチはわかる、そういう考え方があってもいいかも、と思ってくれる人がいる、と安心していられた。

この頃は全く異質の土壌にいるんですよ。今を生きている大多数の人——そう五十代までは私のいうことなんかわからないでしょう。六十代後半から七十代になるといくらかわかる人はいるだろうけど……。安心なのは七十代後半から八十代、九十代ね。少数派です。

こっちが正しい、向うが悪い、というんじゃないの。「同じ日本人なんだけど、チガウ」の。虻《あぶ》と蜂《はち》の意見のチガイというか、かたつむりとなめくじというか、似てるんだけど違う。違うから勝負にならない。そんな感じ。

それでもいいんですか？　いってもしょうがないと思うけど……じゃあいいましょう。その代り何をいっても怒らないでね。嗤《わら》わないで、わかろうとして下さい。

第1章

「なぜ、人を殺してはいけないの?」

1 人はモノにあらず

「『なぜ人を殺してはいけないの？』と子供が訊《き》いてきた時、あなたはどう答えますか？」

ある女性週刊誌からこんなことを訊《たず》ねられた。

この問題について、前から何度かしゃべったり書いたりした覚えがあるんだけど、確かNHKテレビで中学生だか高校生だかがそういう質問をしたことが話題になった時のことです。そのテレビを私は見てないんだけれど、聞いたところでは同席していたコメンテーターなる人たちは、誰も納得のいく答を出せなかったといいます。

当然なのよ、答が出来ないのは。

どうしてって、これは言葉で――理屈で、道徳で教示することじゃない、感性の問題なんだから。

あなたは子供の頃、親や先生から「人を殺してはいけません」と教えられましたか？「嘘《うそ》をついてはいけない」「人の物を盗んではいけない」なんてことはいわれたけど、「人を殺してはいけない」なんて、そんなことはいうまでもないことだもの。わざわざいう人がいたら、変った人だといわれたでしょうね。

飼っている犬が死んだら、たいてい子供は泣くでしょう。泣かないまでも、何らかの心の動きが起こるでしょう。飼い犬じゃなくて野良犬でも、死骸《しがい》が転がっていたら、思わず目をそむけるでしょう。

「犬が死んでる――」

そういってさっさと向うへ行ってしまう子供がいたとしたら、ヘンな子、情がない子、こわい子、先が思いやられる、ということになったでしょう。

自分を可愛がってくれたおじいさんが死んだとする。もうおじいさんはいないんだと思って泣く子もいれば、変り果てたおじいさんを怖いと感じて逃げる子供もいる。そうして死というものの、無惨《むざん》な力を知るのです。死は無惨で強力で、時には醜悪、むごたらしいものにしてしまう。そんな死を忌む感性は人間だけが持っているものであって、けものにはない。そこが人間とけものとの違い、人間の人間たるゆえんでしょう。人の死に対してなにも感じない、いつものように元気でいるということは、人間としての心を持っていない証拠です。だから、なぜ「人を殺してはいけないのですか」という質問に対して答えられないのは当然なんです。人間としての感性のない者に、感性を説いても仕方がない。

「なぜもヘッタクレもない！　いけないといったらいけないんだ！　バカタ

レ！」

というほかない。

子供の頃、特に男の子はよく虫を殺しますね。正確にいうと「殺しました」ね。虫には感性もない、従って表情もない、殺しても血が出ない。だから虫の死骸を見ても誰もびっくりしない。殺す方も、むごたらしいことをしているという感覚はない。しかし犬や猫はちがいます。犬や猫には表情があり、抵抗もするし苦悶《くもん》して血を流す。むごたらしいから殺せない、殺さない、という感情が自然に生れ、それが人を殺せないという感情に育っていくのではないかしらん？ 殺しては「いけないから」殺さないのではなく、「殺せない」のが人間なんです。子供の頃は蛙《かえる》や蛇を殺していたけれども、おとなになれば、そんなことはしなくなる。人が成長するということは、そういう感性が育つことでしょう。

「共通の感性が育っていない土壌に言葉は咲かない。実らない。だが言葉に頼るしかない今は、老兵は死なず消え去りも出来ず、黙って絶望を呑《の》み込んでいる」

何年か前のエッセイで私はそんなことを書いている。今も全く同じ心境ですよ。

しかしね。考えてみるとそういう感性が今の若者から失われたのは、やっぱり物質文明のただ中に生れ育った人間の、なるべくしてなった姿だということになるわね。

時代はとにかく「スッキリ」暮すのが一番、という風潮になってます。スッキリ暮すにはまず無駄を切り捨て必要なものだけを取り入れる。何ごとも合理的で簡便がいいということになっている。

家族に病人が出るとすぐ入院。死ぬのも病院です。人間が生を失っていく姿、死と闘う姿、死が近づいてる姿、そして死に呑み込まれるという凄絶《せいぜつ》な姿を、家族は見ないですむという仕組になっています。病人が病院に入ってしまうと看病をせずにはいられない人と、せずにすむ人に分けられるのね。家で死ぬ場合は家族全員が多かれ少なかれ、好むと好まざるとに拘《かかわ》らず死に行く人を看《み》とることになります。苦悶する姿を目《ま》のあたりに見ているうちにいやでも培《つちか》われる感性があるんだけど。簡便主義がそれを奪いました。

おじいさんは死んだ、と聞かされて病院へ行くと、魂が抜け出てぬけ殻になった屍《しかばね》がそこにあるだけ。死際《しにぎわ》、死ざまを見ていないということは人の命が終わるさま、永遠の別れの辛《つら》さ、死の無惨がわからないままに通り過ぎてしまうことになる。

それが「スッキリ」ということなのよ。

ホームレスの老人を襲った少年はこういったそうです。

「社会のゴミだから殺した」と。

役に立たない老人をゴミと断定することと、「なぜ人を殺してはいけないのですか」という質問はつながっています。人を人として見ず、「物」として見るようになってしまっているんです。

ところでこの間ある集りで、若いお母さんがこんなことをいいました。

「うちの子供がね、『人の命の大切さを教えよう』といっているテレビを見ながら、こういったのよ、『人の命は大切だけど、牛や豚の命は大切じゃないの？』って」

それであなたは何といったの、と訊くと、

「困ってしまってねえ。仕方ないから、『いいところに気がついたわねえ、エライエライ』って……」

「そうしたら？」

「それでごま化したのよ。それでごま化しの利《き》くような子なの、うちの子は」

「よかったねえ」

と別のお母さんがいう。

「うちの子だったら、しつこいタチだから、『ねえ、どうなのよ、どうなのよ』っていつまでもいうわ」

「うちの子なんか、そんなことに気がつくような子じゃないから助かってるけど」

とまた別の見るからに人の好《よ》さそうなお母さんがいうの。

「私ら、子供の時、いろんなことを母に訊ねるでしょう、そうしたら答えられないものだから必ずいうの、『お父さんに聞きなさい』……」

そうよ、そうだったわ、と笑いが起こってね、お父さんは何でも知ってる人だったのだ。

「うちの主人なんかすぐいうの、『ママにお聞き』って」

「ほんと。ズルイのよねえ」

という人がいて今度は爆笑になったのでした。

2　牛豚はクイモノにあらず

十年ほど前、今はもう亡くなられたけど、相曾誠治《あいそせいじ》という心霊研究家というか、「霊能者」という言葉を安直に使ってはいけないような気のする、何というかなあ……ご自分では古神道研究家と称してらしたけれど、博識で除霊の力のある、その頃八十二歳ぐらいだったかしら、話によると何でも神界からこの世に遣《つか》わされてきた方だということだったけれど、私はその相曾先生に指導を受けていろんなことを……（それは『私の遺言』という著書の中に書きました）勉強しました。

相曾先生がいつだったたか、雑談の中でこういわれたことがあります。

「牛や豚も魂はある。だから当たり前のように殺して食べるものじゃない」

って。今は牛肉豚肉、食べ放題でしょ。お弁当でも食べ、夕食でも食べる。私なんかの子供の頃はスキヤキとかステーキなんて特別のご馳走《ちそう》だったのよ。ステーキといってもむやみに堅い肉でね。味よりも堅いか柔らかいかがまず問題だった。うちではまず父が一口食べて、「うんよろしい、今日の肉はやわらかい」と頷《うなず》いて「さあお食べ」と私たちにいったものです。柔らかいことがおいしいことだったのよ。

肉はたまにしか食べなかった。

だから日本人はチビで痩《や》せてた。日本全体が栄養不良だった。「栄養不良が栄養たっぷりのアメリカ人と戦争したって、敗《ま》けるに決ってる」っていった人がいたわ。うちの父なんかは、「女の機嫌ばっかりとってるアメリカの男に日本男子が敗けるわけがない」なんていってたけれど。

日本の男は潜水艦に向いている、と聞いたこともあったわ。日本の潜水艦乗組員はとても強くて怖れられていたんです。というのは潜水艦の天井は低くてそこで生活するのは大変だった。でも日本人は小さくて軽いから敏捷《びんしょう》で、天井の低い狭っ苦しい潜水艦の中でもそう苦痛ではなかったというのね。でもアメリカの大男にはそこは堪《た》え難《がた》い空間だったんですよ。今の原子力潜水艦は違うんだろうけどね。

「イエローモンキィ」なんて日本人のことを軽蔑《けいべつ》していってたけど、口惜《くや》しさもあったと思うわ。日本兵は強かったのよ。へこたれなかったのよ。「山椒《さんしょう》は小粒でもピリリと辛い」なんて台詞《せりふ》をいって、頑張ってたもんですよ、我々戦争中の日本人は。「でかいばかりが能じゃない」なんて。気迫でこい、勇気でこい、我々には大和魂《やまとだましい》がある、なんて。

大和魂――なんて懐かしい言葉でしょう。戦争に敗けるまでは「大和魂」という言葉が私たちを鼓舞《こぶ》したものです。敗けた後は「大和魂」は日本を滅ぼし、日本人を不幸に沈めた元凶のようにいわれ、そうして今はその言葉は完全に消滅しました。ダイワコンなんて読むんじゃないかしら。今の若者。

また話がどんどん逸《そ》れました。正します。——といっても、何をいおうとしていたのか……そうそう、牛や豚にも魂はある。だから当たり前のように食べるものじゃない、と相曾先生がいわれたという話ですね。

牛や豚を当たり前のように食べるようになって……勿論《もちろん》それればかりじゃない。まず栄養ということに日本人の関心が高まった時代を経て、高度経済成長期に贅沢《ぜいたく》の味を覚え、美味を追求するのが「文化人」という風潮が生れました。どこそこの牛肉じゃないと食えない、なんてたいした仕事もしていない奴がしたり顔にいうのを有難がるというような。

そして日本人は欧米人並に——とまではいかないにしても、少なくとも昭和の前半の日本人とは較《くら》べものにならないほど体格がよくなり、鼻も高くなった（日本人の鼻が低いのは栄養が鼻に廻《まわ》らなかったという説があったのよ）。毎日牛肉を食べる。その需要に見合うように牛豚は供給されなければならない、という風潮が生れ、自然の経過を経て子牛が生れるのなんぞ待っちやいられないとばかりに、短期間に大きく育つ高カロリー高蛋白《たんぱく》の肉骨粉を餌《えさ》として与えるようになった。牛は牛ではなく、物、人間のクイモノとしてしか見られなくなった。何というおぞましい考えでしょう。

かつて、といってもわずか半世紀前までは、日本の牛は農耕や運搬のために従順に働いて人になつき、家族同様の存在でした。だから農家では家屋の中に牛舎を設けて大切にし、家族の一員として生活を共にしているところも少なくなかったのです。

それが今は「クイモノ」として大量生産されている。食われるために生まれてくる牛。食われるために仲間の骨を粉にした飼料を食べさせられる。それが仲間の命だったとは知らずに牛は食べて大きく太り、そうして食べられる。狂牛病の原因は蛋白質の異常物質であるプリオンの発生らしいといわれています。これは煮ても焼いても変化しない物質だそうで、発生のメカニズムはまだ解明されていないけれども、ひとまず飼料として使うことは禁止されたのです。

しかしそれを禁止したことで問題は解決したと考えていいのだろうか。人間の欲望を満たすために牛に共食いをさせたという人間の底なしの沼のような欲望のおぞましさに鈍感であっていいのだろうか！

——人の命は大切だけど、牛や豚の命は大切じゃないの？

この子供さんの素朴な疑問は、これは神の声ですよ。私はそう思う。

相曾先生はいわれました。

「牛や豚にも魂はありますから、こうむやみに殺されると長い間にはその怨《おん》念《ねん》が積っていきます」

その怨念を一番濃く被《こうむ》っているのがアメリカだという。アメリカ人は大食いだから、そうかもしれないですねえ。

日本人の食の歴史に肉が加わったのは、ここ百年余りのことで、明治初年は牛肉を食べることに抵抗があった。我々の先祖は魚、野菜、穀物たまに鳥肉を食べて十分満足していたのですよ。身体は矮小《わいしょう》でも気力充実してね。精神性も高かった。ところがここ五十年ばかりのうちに、牛肉、豚肉を食べない日はない、というくらい肉好きになりました。吉野家《よしのや》という安くておいしい牛どんを食べさせるので有名な牛どん店が、アメリカの牛に狂牛病が発生したために安い肉を輸入出来なくなって、牛どんが販売不能になった時の、あの騒ぎといったら……。

新聞は毎日、牛どんのことばかり。牛どんを注文したら売り切れたといわれ、腹を立てた男（23歳）が店員の胸ぐらをつかんで暴れたという記事を見た時は、私はもうこの国に生きているのがいやになりましたよ。

日本人も情けないことになったものです。恥を知れ、といいたい。たかがクイモノじゃないですか……クイモノのことをとやかくいうものではない、という教育がかつての日本には厳然《げんぜん》とありましたよ。クイモノに卑しい子供は「イヤシンボ」と囃《はや》されるほどその教育は徹底していました（ついでながらあからさまに金や物を欲しがる人間も軽蔑されました）。質素を美徳として貧しさに耐え、努力を惜しまず真面目《まじめ》に国の発展に尽してきました。大和民族は世界一、「精神を尊ぶ」国民だったと思います。

私の父は明治七年生れでね。よくいってましたよ。

「世の中で何がうまいかといえば、できたての味噌汁《みそしる》と大根おろしだ。どこそこの天ぷらでないと食えない、なんていう奴は病人だ」

何ごとにも極端でオーバーな人だったけれど、その頃いた書生がミツマメのお代りをしたと聞いて、

「それでも男か！　恥を知れ！」

なんてね。女子供が好むような甘ったるいハラの足しにもならんものを男が好んではならなかったんですよ。根拠？　そんなもの何もないわ。要するに、「男意識」の権化《ごんげ》です。アンコロモチは女子供が食べるもので、男が食べるものではなかった。なぜなら「甘い」からなのよ。

「情けない奴だ。酒を飲まずにアンコロモチを三つも食うような奴だ」

とバカにしたの。そんな親父《おやじ》に育てられているものだから、どうも私は時代錯誤的に男を見てしまうらしい。それを反省しつつも、やっぱりねえ、牛どんが売り切れたからといってアタマにくるような男がいたと聞くと怒りたくなるんですよ。理不尽だといわれるだろうけど。

乳母の訓《おし》え

私は子供の時、うち弁慶の外すぼみで、弱虫で怖がりだった。いわゆる乳母日傘《おんばひがさ》で育ったという子供の典型である。うちで我儘《わがまま》いっぱいに育ってるものだから、外へ出ると理由もなく恥かしがって、話しかけられるとものもいえないという子供だった。

四才ぐらいだったと思うが、電車の席に坐《すわ》っていると外国人の中年男性が二人、私を見て、「カワイイネ、カワイイネ」と盛んにいっている（実際私は子供の頃、ホントにカワイイ子供だったのだ）。その声が聞えてきただけで、私はもう怖くていたたまれない気持になる。忘れもしないレースのついたソックスを穿《は》いていたのだが、ただ深く深く俯《うつむ》いてそれを引っぱっているしかない。すると外国人は尚もしつこく「オー、イイクッシタネ、カワイイクッシタ」というではないか。その途端、もうたまらず私は立ち上って「ワーン、ワーン」大声で泣いたのだ。電車中の人がみな見ている。後で四つ年上の姉がどんなに怒ったか。

「こんな恥かしい子、もう知らん！」

と私は散々罵《ののし》られたのである。

幼稚園もいやでたまらなかった。身内以外の人間はみないや、という、我儘の極致だったのだ。

昔のお弁当箱には蓋《ふた》に箸入《はしい》れがついていたものだが、ある日、お弁当を食べようとしたらそこにお箸が入っていなかった。

「先生、お箸がない――」

といえばいいのだが、それがいえない。いえないで……泣いた。

みんなはなぜ泣いてるのか、わけがわからない。どないしたの、どないしたの、と先生は訊く。と、ますます悲しくなって、オイオイ泣いた。

そのうちやっと、

「お箸が……」

といえた。

「ない……」

と。

先生は幼稚園にあるお箸を出してくれたが、そこで、弱虫のくせに突然、我儘が出るのだ。

自分のお箸でないとイヤ、とダダをこねる。

ヒサヤというお守役《もりやく》がいつもついて来ていたのだが、彼女がお箸を取りに家へ走った。うちと幼稚園はひと走りという距離だったから、すぐにお箸は届いたのだが、その時、私はどうしたか、そのへんの記憶はぼやけている。そのお箸で機嫌を直してお弁当を食べたか、拗《す》ねながら食べたか……。

私に乳母がついたのは、母のお乳が全く出なかったからである。姉が赤ン坊の時は、牛乳が合わないといって山羊《やぎ》の乳を与えたのがよけい合わなくて、年中、お腹《なか》をこわしていた。それで私の時は「人間のお乳」でないと駄目だということになって、ばあやが来たのだ。

ばあやのお乳はとてもよく出た。ということは赤ン坊を産んだからに違いないのだが、その赤ン坊はどうなったのか。死んだのか、それともその子を置いて離婚したのか、それとも自分で育てられないわけありの赤子だったのか、私は何も知らない。

もの心ついたらばあやは私のそばにいた。

――いつも私のそばにいる人。

ばあやについての認識はそれだけで十分だったのだ。はっきりいって私は母よりもばあやが好きだった。ばあやは本当に私を可愛がってくれた。どんな我儘をいっても怒ったことがない。おたまじゃくしみたいな目でいつも笑っていた。私が我儘をいっても、「コレ、お嬢ちゃん!」といって睨《にら》むだけである。睨むその目は笑っている。

ばあやが雨戸を閉める時に大きな音を立てたというので、父が頭ごなしに怒鳴ったことがある。父はそういう癇癪《かんしゃく》モチだった。私は隣の部屋でそれを聞いているうちに、悲しくなってシクシク泣いた。ばあやが叱《しか》られていると思うとたまらなかった。ばあやの方は

父の癇癪なんか馴《な》れっこになっているから、

「ハイ、ハイ、すんません、すんません」

といっただけで、涼しい顔しているのだが。

「いつかはお嬢ちゃんもお嫁にいかはるんやねえ。そしたらばあやともお別れですなあ」

ばあやがそういった時も、私は泣いた。なにかというとすぐに涙がどっと出てくる子供だったのだ。

幼稚園へは、行ったり行かなかったりだった。父は「いやなものを無理に行くことはない」という。だから天下晴れて行かなかった。

そのうち小学校に上ることになったが、これがまたいやでたまらない。

今から思うと、外へ行く時は必ず誰かが一緒だったから、家から離れて一人ぼっちになることが怖かったのだろうと思う。しかしその時は何がいやなのか、わけをいいなさい、といわれても、とにかくいやというほか、なかった。ぐずついていると、ある朝ばあやがこういった。

「お嬢ちゃん、なんぼお嬢ちゃんやかて、どうしてもせんならんことがありますのやで。この世にはイヤでもどうしてもせんならんことがおますのや」

それでしぶしぶながら私は学校へ行った。

「この世にはイヤでもせんならんことがある。なんぼお嬢ちゃんやかて」という言葉は、七歳の我儘ガキの胸を貫いたのだ。

――そうか！　そうなのか！

――そういうことなら、行かねばならんのやろなあ……。

細かく分析すると、そういう順番になる。あえていうと、人にはどうしてもどんな人にも「逃れられないこと。――しなければならないこと」がある。それを理解したということだ。

我儘ではあるけれど、私はわりあい賢い子供だったのだ。

ばあやは何げなくいったことだったのだろうが、それはばあやが苦労に苦労を重ねてきて、その結果身についた人生観だったのだろう。

この「ばあや哲学」はその後の私の生き方の基礎になった。

第2章
日本人は欲バリになった

1　我慢は悪徳か？

ついこの間――といっても、このおしゃべりが本になる頃はとっくに忘れられて、はや旧聞になっているでしょうがね。例の女優のMさんの借《か》り腹《ばら》の問題ですよ。子宮癌《がん》のために子供を得られなくなったというので、Mさんの卵子とご主人の精子を結合させてアメリカ女性の子宮に移し、アメリカ女性が、「代理母」となって出産した、そのことを、マスコミが盛んに囃《はや》し立てましたね。その時ある週刊誌からコメントを求められました。

――私たちは今、科学の発達・文明の進歩によるさまざまな恩恵に浴しているけれど（ほんとうに便利な世の中になった、らくな暮しが出来るようになったと、私も喜んでいるけれど）、よく考えてみると、その反面、人間として大切にしなければならないものを沢山見失ってしまってる――まず一番に考えたことはそれでした。一応そのコメントをここで紹介した方がくだくだしゃべるよりも早いと思うので書き写します。

「人間の欲望は際限ありませんが、その欲望を我慢する、あるいは諦《あきら》めるというのも、大事なことだと私は考えています。

今の世の中は欲望を満すことが人生の目的、幸せであり、我慢したり諦めたりすることがまるで悪徳であるかのように考える人が増えていますね。

Mさんが癌にかかり、子宮を摘出《てきしゅつ》しなければならなくなったことはそれは本当にお気の毒なことです。文明が進歩していない昔だったら、神さまから与えられた試練だと思ってその運命を受け容《い》れ、ではどう人生を作っていこうかと考えたでしょう。

例えば母親が亡くなった乳呑《ちの》み児《ご》を養子にとって育てていくとか、あるいは子供に代る何らかの目的を持つとか。

しかし現在は科学の進歩に伴って、かつては人力ではどうすることも出来ないと諦めたことが、可能になりましたから、欲望が際限なく膨《ふく》らみ、自然の摂理を曲げてまでも欲望を叶《かな》えずにはいられなくなった。

この分では何年か先には人工的に子宮に代るものが作られ、そこで十か月胎児を育てるということになりかねない。もしかしたら一か月は長い、七か月か五か月ですむようになるかもしれません。そうなった時には人間は完全に変質しますね。つまり命というものを『物』のように考えるようになるのではないか。

だいたいこういうことは、ひそかにやった方がいいんじゃないでしょうかね。

聞くところによると、Mさんは子供さんには『二人のお母さんがいるのよ』と小さい時から語りかけながら育てるといっておられるようですけど、うまくいくかなあ、と私は人ごとながら危惧《きぐ》せずにはいられません。

子供の心がどんなにデリケートなものか、自分も昔は子供だったのに、おとなになると忘れてしまうんですよ。説明すればわかる、とは限らない。それが子供というものです。

卵子はこのお母さんのもの、精子はお父さんのもの、育てたお腹《なか》はアメリカのお母さん、といわれてもねえ。お友達はみな一人のお母さんなのに、うちだけなぜお母さんが二人なの？　と思う。生殖についての知識が備わらぬうちは理解しにくいでしょう。心ない人たちがジロジロ見て噂《うわさ》をする、その時、子供はどんな気持がするでしょう。

『あんなことといってるけど、もしかしたら父さんがアメリカ女と浮気して生れたのが私じゃないかしらん』

なんて思うマセた子がいるかもしれない。

この頃は胎教《たいきょう》ということは根拠のないことになっているんでしょうか。妊娠中はよい音楽を聴いて美しいものを見るようにとか、妊婦にいやなことを聞かせるなとか、かつての家族は心を砕いたものですよ。私が最初の子供を妊娠していた時は、昭和十九年。日本は最後の負けいくさを必死に戦っていた時だったけれど、沖縄の断崖《だんがい》の上から、アメリカ軍に追いつめられた日本女性が海に向って飛び込む写真が新聞に出たんです。すると父がね。今朝の新聞は愛子には見せるなと向うの部屋でいっているの。その時、私はそんな写真にショックを受けるようなヤワな女じゃないよ、といいたかったんだけど、それくらい妊婦は家族からいたわりや期待、希望、愛情をかけられておお腹の子供をはぐくみ、そうしてある日赤ちゃんが生れた。家中がどっと喜び、皆が祝福する。そんな命の誕生が本来あるべき姿だと思うんだけど。私は。

命の誕生は神の摂理によるものだと私は考えています。例えば戦争の時には沢山の男性が戦死しました。すると男の子が多く生れたと聞いたことがあります。摂理を無視して人為的《じんい》に命を作ることは、神の領域を侵《おか》すのではないか、科学の発達に伴って人間はそこまで傲慢《ごうまん》になっていいのか……そんな疑問を私は持つんですよ。

欲《ほっ》して可《か》ならざるはなしという現実を、果たして進歩といって喜んでいていいんですかねえ。

現代人は欲バリになりました。Mさんが戸籍の上で実母と認められないことに対して、日本の法律を変えようと奔走しておられると聞いたけれど、大金を出して三度目に漸《よう》く望みが果たされたことだけでも大そうな幸せを得たのですから、その好運を感謝するだけでいいんじゃないですか。

生きるということは我慢したり、不如意《ふによい》や不幸を耐え忍んで乗り越えていく努力をすることに意味があるんです。自分の求めるものをすべて獲得することが幸福だという考え方に対して、基本的に私は疑問を持つ。不如意があってこそ人生は面白いんですよ。充実するんですよ」

以上が週刊誌へのコメントです。電話コメントですから意を尽していないところもありますが、それでもこのコメントの中には、私の価値観、文明論、人生への基本的な考え方が凝縮しています。まずこのコメントを理解していただきたい。その下地がないとこの後、私のいうことはわかってもらえないんじゃないかと思います。

その後、このコメントについての反響がありました。

一番多いのが、

「Mさんが子供を得るために使ったお金は三千万円だったということです。そんなお金を使えるMさんはいいけれど、子宮を取ってしまってもう子供を作ることが出来ず、お金のない私たちはどうなるんでしょう」

「テレビで嬉《うれ》しそうに話しているMさんを見ると、子供を作れずお金もない私は羨《うらや》ましさと嫉《ねた》ましさで、思わずテレビを消しました。自分は幸せを獲得したかもしれないけれど私のような立場の人への配慮がなさすぎます」

こういう反応を見聞きすると、

「そうだろうねえ、アタマにくるだろうねえ」

と思わないではないけれど、次にくる思いは……。

「それだけ？　それだけじゃあ情けない」

といいたくなる。

2　平等なんかない

女は男と同じ教育を受けることが出来るようになり（私なんかの年代はそ

うはいかなかった。今は当たり前のことになってるけど）知的になり、自分の意見を堂々といえるようになりました。我々の年代は男社会で育っていますからね、意見どころか感想もいえなかった。何かというと女のくせに生意気だ、女は黙っとれ、といわれたものです。しかしだからいわなかったというよりも、そもそもいいたいような意見も感想もなかった。女は掃除洗濯飯炊きに明け暮れて何も考えず、考えられず、男は女よりもエライのだからその考えに従っていればいいのだ、と思ってた。町内の寄付の金額まで「主人に訊《き》いてから」と答えるのが普通だったの。今は何もかも夫が妻に訊くけれど。

なぜ男はエライかというと、まず男は女子供を庇護《ひご》し養う力を持っているということ。戦争では敵と戦って女子供を守ってくれるたのもしい存在だった。それから男は何でも知っているということ。わからないことがあると「お父さんに聞きなさい」と母親はいったもんですよ（母親は知らなさ過ぎだ)。お父さんはとにかく威張《いば》ってたわねえ。今になって考えるとあの親父に威張る資格があったのかいな、と思うような男でも、一家の主《あるじ》(お父さんと呼ばれる人)であるからには、いうことなすことすべてが正しかった。正しいと思い込んでいた。男も女も子供も。みんながね。

とにかく、我々が育った時代は日本は男尊女卑の国でしたから、女は「おとなしい」のが一番で、従順、素直、忍耐が女の美徳とされていた。我が家ではそういう美徳を娘に教え込むという家庭ではなかったので、私のようなじゃじゃ馬が育ったんです(家庭教育、家風とはホントこわいものです)。

戦争に敗《ま》けたことによって、それまで美徳とされていたものが価値を失い、不平等が是正され、民主主義の洪水が来て女性は解放されました。今では男女雇用機会均等法というのが出来て、女は男並、いや男を凌《しの》ぐ勢《いきおい》です。いいたいことは遠慮なくいってよい。したいこともしてよろしい。女も社会進出して生活力を身につけたのだから、なにも遠慮することはない。夫が浮気をすれば自分もする。いや夫が浮気をしていなくても、したければする。男に男意識というものがなくなったので、滅法《めっぽう》おとなしくなった。今はおとなしいのは「男の美徳」になっている。

つまりですね。話を戻しますとそのようにエラくなった女性がですよ、「三千万円の金を使えたMさんはいい、子宮もなく金もない私はどうなるんでしょう」

と歎《なげ》くのは、なんだかねえ……という気が私はするんですよ。それではまるで、お隣じゃ百グラム千五百円の松阪肉を食べているのにうちは百グラム四百円の肉しか買えないといって怒るのと同じようなものじゃないですか。これじゃ我々世代の若い頃と同じです。何の知的教養も与えられなかった時代の。

もともとこの世は不平等に出来てるんです。平等なんかない、と覚悟した方がいい。ボンクラなのに金持ちに生れて、怪《け》しからんと怒っても金持ちの家に生れたのはそのボンクラの責任じゃないんだから。こんなことに腹の立つ人は、「金持ちに生れたもんだからボンクラになったんだ、ザマアミロ」と思えばいいでしょう。一番気の毒なのは貧しい家に生れたために学校教育もろくに受けられず、ボンクラになったという人です。しかし貧しい家に生れて学校へもろくに行けなかったために、コンチクショウ、今に見ていろと発奮《はっぷん》してエラくなった人もいるんです。もし家が貧しくなかったら、エラくならなかったかもしれない。人間ってそういうもんです。

ブスに生れた人が美人を見て、母親を恨んでもしようがない。もっともこの頃は整形で美人になることが出来るようだけど、でも整形美人（ニセ美人）という事実はどうしたって残るわね。ブスの子供が生れるという証拠がね。

「誰に似てるのかしら？　お母さん似……じゃないわね。お父さん？　……とも違うみたいだし……」

人からそういわれて返答に閊《つか》えるか、

「でも口もとはお母さん似かな？」

といわれてほっとする。口は整形していなかったので。

そんな面倒くさいこと、そして金と時間を使うよりも、ブスはブスの人生を堂々と生きるのがいい。ブスを逆手に取って、ブスを武器として励むという生き方があるんですよ。

この世は矛盾、不平等に満ちている。それを受け容れて、頑張って乗り越える――それが生きることの意味なのよ。私はそう思って頑張ってきた。

それでね……あ、また話が横道に入ったみたいですね。どうも年をとるととりとめなくしゃべる癖がついてしまってごめん。失礼しました。再び本題に戻ります。

いいですか、よく聞いてね。

「三千万円の金を使えたMさんはいい……云々《うんぬん》」の意見を多くの女性が持っていると聞いて私がいいたいと思ったことは、これは感情論であって本質論じゃない、ということです。現象の上《うわ》ッ面《つら》を撫《な》でて感想をいっているんです。

男性の中でこういうことをいう人はまずいないんじゃないか。もしいたとしたら、男のくせに女々《めめ》しいことをいうな、とバカにされるでしょう。女性は知的になり、自信に満ちて自己主張が出来るようになりました。そこまできたのなら現象だけを見た感情論でことをすますことはもう卒業した方がいいと思うのね。Mさんの問題は、人間の「欲望」というものについて、あるいは現代文明について考えるチャンスだと思うのに、「金のない我々はどうなる」なんてあまりに情けないではないですか。

母の訓え

私の母は明治生れの人間なのに、そしてそれほど高い教育を受けたわけでもないのに、なかなかの論客だった。父は感情のカタマリのような人だったから、よく母にいい負かされては、

「人生は理屈じゃないッ！」

と怒っていた。

私はやっと、いやがらずに小学校に行くようになりはしたが、登校の道でよく校長先生に会う。それが怖くてしょうがなかった。常々学校の先生は決して間違ったことをしない偉い人なのだから、先生のいわれることはよく聞かなければならない、といわれている。

その先生よりも校長先生はもう一段偉い先生であるから、そのお方にはどんな態度をとればいいのかわからない。校長先生を見かけると胸がドキドキしてきて、どないしよ、どないしよ、とうろうろしてしまうのだった。

ある日、私は思いきってそのことを母に訴えた。すると母はこともなげにこういった。

「校長先生かて同じ人間ですがな。何が怖い――」

そしていった。

「焼いも屋のおっさんも人間。みなおんなじ」

それから母はこんな話をしてくれた。

私の家には野呂瀬《のろせ》さんという、若い頃、父の書生だった人がよく遊びに来ていたが、その野呂瀬さんはうちの書生になる前、陸軍大佐の従卒《じゅうそつ》をしていた時代があって、毎朝、七時になると大佐の馬を曳《ひ》いて迎えに行っていたのだが、ある朝、時間を間違えて一時間早く、大佐の家に着いてしまった。

玄関がまだ閉っていたので裏庭へ入って行くと、大佐が着物の裾《すそ》を尻《しり》はしょりして、廊下の拭《ふ》き掃除をしていたという。大佐といえば軍国日本ではとても偉いお方だった。「校長先生よりも？」と私が訊くと母は、それには答えず、「八字髭《はちのじひげ》をピンと生やして、大佐の肩章をつけて馬に跨《また》がってカッポカッポと道をいく姿はなかなかのものだったろう」と答えた。その八字髭のお方が尻はしょりして拭き掃除をしていた……。それを見た野呂瀬さんはどうしたか？見られた大佐はどうしたか？　それを私は知りたかったのだが、母は、

「そんなこと、どうでもよろし」

といって、

「つまり、人間はそういうもんなんや」

と結論づけたのだった。

「偉い」とはいったいどういうことか。

世間では地位や肩書きで「エライ」、「エラクナイ」を決めるけれども、人間をそんなに簡単に決めるものじゃない。八字髭を生やして威張っているからといって、ペコペコすることもなければ、尻はしょりをして拭き掃除をしていたからといって幻滅することもない。金持ちだからといって尊敬するのはおかしく、貧乏だからといって軽《かろ》んじるのはもっとおかしい。人間に別はない。エライもエラクナイもない、というのが母の考え方だった。

それで私もそう思うようになった。

もしかしたら私が「人を人と思わずいいたいことをいう人間」になったのは、この母の訓えがいけなかったのかもしれない。

第3章
「親」この悲しくも重いもの

1　子供の自主性？　ナンボのもんじゃい

二〇〇三年七月、長崎で十二歳の男子生徒が、四歳の男の子を誘い出して殺害したという事件が起き、例によってメディアは大騒ぎ、「識者」なる人たちがテレビや新聞で口々に論評しました。

多くのジャーナリスト、大学教授、家裁関係者らは、まず、この加害少年がゲームに異常なほどのめり込んでいた点を取り上げています。

ゲームのやり過ぎや長時間テレビやビデオにかじりつく子供は、感情が制御できなくなり、ひきこもりやキレやすい性格になると指摘しています。

また、過保護でヒステリックな母親の下で育った点も取り上げています。母親の期待に応えようと表面上は〝勉強のできる良い子〟を演じながら、一方でゲームにのめり込んでいった、「破綻《はたん》した良い子」であると分析しています。

その時、鴻池《こうのいけ》元防災担当大臣が記者会見で辛口意見を述べましたね。

「これは親の責任だ。マスコミの報道の仕方も問題がある。被害者の家族だけでなく、加害者の家族も引きずり出すべきだ。担任教師や親は全部出てくるべきだ。信賞必罰《しんしょうひつばつ》、勧善懲悪《かんぜんちょうあく》の思想が戦後教育の中に欠落している。このままではえらいことになる。日本中の親が自覚するように引きずり出すべきだと思う。少年法改正については厳しい罰則を作るべきだ。加害者の親は市中《しちゅう》引き廻《まわ》しの上、打ち首にすればいい」

とまあ、ざっとこういうことをいわれた。

すると忽《たちま》ち、世間が過敏に反応して、それにマスコミが乗っかって大騒ぎになった。長崎中央児童相談所の女性所長は、「これは魔女狩りのようなものので体が震える。見せしめによる制裁からは恐怖以外の何も牛れない」と怒り、加害少年の弁護士は、「少年の父親は全く眠れず食事ものどを通らない状態。今夜もどこに泊るか決めていない、といっていた。本人より両親が追い詰められている」と同情を表明した。小泉元総理までが「不適切な表現だ」と述べたとかで、鴻池大臣も仕方なく、

「お騒がせしました」

と神妙に謝ったが、その後再びヒートアップして、

「勧善懲悪、水戸黄門《みとこうもん》がいまだに流行《はや》っているのは、いいことをどんどん勧め、悪いことを懲《こ》らしめるからだ」

「被害者は素ッ裸にされ、ビルから落されて本当に気の毒だ。愴《ひぎ》を出しているところをテレビに映していながら、どうして加害者の親を映さないのか。加害者が少年法で罪にならないなら、保護者である親が顔を出すべきだ」

（『週刊文春』による）

とぶち上げて、再び非難が集中したのでした。

この一連の報道を見て私が思ったことは、まず第一に、「この節のマスコミは……」と舌打ちしたい思いでした。何かというと言葉尻《じり》をつかまえて、目先の現象論をいい立てるのを前から私は苦々《にがにが》しく思っていたんだけど、今度も「大臣の立場でありながら不適切な発言である」という論調ばかり。これは井戸端会議（というのも古いけど）の主婦がいい合ってるようなレベルです。

鴻池大臣の発言に私は今の日本人の精神風土がいかにだらしなくなっているか、タガがゆるんでいるかということに対するもどかしさを感じました。タガがゆるんでしまってるものだから、ちょっとやそっとの苦言じゃこたえなくなっている。だから市中引き廻しとか打ち首などという過激ないい方をしたくなる。過激にいわないとこたえない。私にはその気持、ホントによくわかるのよ。私のうちは四人も不良兄貴がいましたからね、父は年中怒鳴ってましたよ。

「あんな奴は死んだ方がいい！」とか、

「お前のような穀《ごく》つぶしは死んじまえ」

とか。けれど誰も「あのお父さんはひどい。息子に向って死んでしまえといった」といって騒ぎ立てたりはしなかった。

言葉を方程式で解くようなもんですよ、今のマスコミは。メディアに関《かかわ》る仕事をしているからには、それほど無知無考えな人がやってるわけじゃないと思うけど、まったくこの頃はノーミソの分量が足らんというか、感性の粗《あら》さというか、政治家のいうことは何でも悪くとるのが自分たちの使命と心得ているのか、その粗雑《そざつ》さ低級さは話にならない。またそのマスコミに誘導されて「そうだ、そうだ」と興奮する手合いがいるからねえ……。だからだんだん、ちゃんとした人はいうべきこともいわなくなるの。

——それが第一に思ったこと。次に思ったのは、「親という立場の責任」ということです。親は子供が未成年のうちはその子に対する責任があると私は考えます。昔の親は自分の価値観を子供に押しつけ、子供の自由意志を認めようとしなかった。その代り、子供のしたことに責任をとりました。少なくともそういう認識は持っていた。

誰がいい出したのか知らないけれど（アメリカの、日本人をフヌケにするのが目的の占領政策が原因だという人もいるけれど）、子供も一個の人格であるからにはその自由、自主性、個性とやらを認めなければならないということが家庭教育の本道になって、親は子供に命令も出来ず、叱責《しっせき》も出来ず、その代り、責任もとらないという風潮が定まりました。

鴻池大臣の発言について『週刊文春』からコメントを求められた時、開口一番、

「私が親だったら切腹しますね！」

といったら、呆《あき》れてロアングリになってたけれど、これは私としては鴻池さんの市中引き廻し発言とトーンを合わせたつもりだったのね。こんなところでしゃれっ気を出すことはないかもしれないけど。

「親という立場」は、それほどのものです。

「子供が悪いことをしたら親は謝る」

それが社会人としての常識でしょう（でも今の若い親はそれが常識とは思わなくなってるみたいだけど）。

私の父や母が不良の兄たちのためにどんなに苦しんだかを見て育った私は、この少年の親御さんの辛《つら》い苦しい、いいようのない気持はよくよくわかります。わかった上で私はいうのです。なぜ逃げ隠れするの。出て来て謝りなさい。それがせめてもの親の責任のとり方ですと。

それほど親という存在は、辛くて重いものなんです。

その後のマスコミは早速「こういう少年が育った背景」についての穿鑿《せんさく》、

分析をやり始める。まず槍玉《やりだま》に挙がったのは少年のお母さん。それから夫婦仲について。それから少年は鍵《かぎ》っ子で、いつもエレベーターホールに坐《すわ》って母親の帰宅を待っていた。彼の将来の夢はプログラマーだったとか。

「よくやっていたのはバイオハザードやデビル・メイ・クライ・2のようなアクション格闘ゲームでゲーム機本体も何台か持っていた。休みの日に遊ぶのもゲームばっかり」

などと友達が語ったりして、それから識者といわれる人たちのコメントがいろいろ出る。

「子供たちは個対個で塾に通うか、帰って来ても誰とも話さないでゲームに没頭する。ゲームに浸っているということで、集団生活を営む規律が養われないためバランス感覚が育たず、暴力的なものがあればその方向に突っ走ってしまいます。そこにバーチャルな情報だけが入ってきて、人が死んで楽しいというような感情のみが発達し、ゲーム感覚が肥大化している」

などともっともらしいが、そんな分析、解釈がどれだけ実際の役に立つのか。たとえ正しい意見だったとしても、だからどうなの？　といいたくなる。ゲーム販売を規制しよう、というのなら確かにひとつの提案ではあるが（私は賛成）。

今、規制してほしいものは沢山ありますよ。私にとってはね、ケイタイとか、パソコンとか、通信機器は電話だけで沢山だ。

いっそ文明の進歩もいい加減に止《と》めてほしい（私のような年寄りはもう、何が何だかわからないものが多過ぎる）。大きな見地から見ると、この殺人少年も文明社会の産物です。

T先生という小児科のお医者さんがつくづく歎息《たんそく》して、まったく、この頃の若い母親とはつき合いかねますというんです。どんなふうかというと、子供が太鼓を叩《たた》きながら診察室へ入って来るんですという。

「何ですかそれは？」

思わず聞いた。ついに子供の躁病《そうびょう》というのが出たのかと思ったのだ。

「何ですかと聞かれると困ってしまうんですが……」

と考え考え、

「つまり、太鼓を叩くのが面白くてやめられないということなんでしょうな」

今までの常識からいうと、お医者さまにこれから診察してもらうのであるから、子供なりに緊張してお行儀よくして入ってくるものじゃないですか。その前から太鼓は待合室で鳴っていたから、よほど太鼓が気に入ってる子なんでしょう。しかし母親がついているんだから待合室にいる他の患者さんにご迷惑だからやめなさいというところでしょう。それをいわずにですよ、診察室に入ってもまだ叩いているのを黙認している。

「それでどうしたんですか?」

「太鼓を叩くのをやめなさいっってね、いいましたよ、仕方なく」

「するとやめました?」

「やめたことはやめましたけどね。帰り際に『ここのセンセエ、こわいからキライ』って大声でいうんですよ。無邪気にね」

思わず私はふき出しました。これはもう喜劇ですね。T先生が本気でカンカンになっているのが、なんともおかしい。

「何がそんなにおかしいんですか」

と先生はいぶかしんでましたけどね。これが笑わずにいらりょうか。いや、もはや笑ってるよりしょうがないという気持。

それにですね、とT先生はいう。

「診察机の上にカルテがあるんですが、ぼくが母親と話をしているうちにボールペンを握ってカルテの上に絵を描くんですよ。『いけません』といって取り上げるんですが、母親は何もいわないんです。ゲームやりながら診察させるのもいますしね。丸椅子《まるいす》に坐ってグルグル廻るのもいるし、血圧計の球をふくらませたりするんです」

私の笑いは止らない。

「この頃は『注射しますか?』とか、いちいち母親に訊《き》かなければならないんですよ。すると母親がいうんです、『子供に聞いてみます』。子供にいちいちなぜ聞くんですか、というと『自主性を尊重したい』と、こうですから……」

子供は当然、注射はいやだという。しかしその注射は必要な注射なのだ。それを重ねていうと母親は子供に「帰りにキャンデーを買ってあげる」、「どこそこへ連れて行ってあげる」と下手《したで》に出て納得させ、やっと注射にこぎつける。治療方法について(生半可《なまはんか》な知識をふりかざして四の五のいうので)説明しているうちについ声が大きくなった。すると母親はいった。

「大きな声を出さないで下さい。子供が怖がって来るのをいやがると困ります」

こちらは早く治してあげようと思うからこそ一所懸命になってるんですがねえ、どうでもいいと思ってたら声は大きくなりませんよ、と歎《なげ》くT先生は今どき珍らしい熱血のお医者さんなんです。

自主性、自主性と、この頃は全くうるさい。子供の自土性がナンボのもんじゃい、といいたくなる。

たまたまピアノの個人教授をしている友人が同じようなことをいっていました。

「この頃のお母さんは教育熱心なのに何の考えもないのがふしぎでたまらない。何かというと『子供に聞いてみます』なんだもの」

2　辛抱のタコ

いつだったか朝日新聞の家庭欄が「少子化がとまらない」という特集を組んでいました。見出しに曰《いわ》く「私を守るために産まない」。「美容院、歯医者にも行けず」とサブタイトル。記事の概要はこうだ。

「『密室にこもっているつらさを理解してほしい』こんな手記を寄せた専業主婦のひとり（29歳）は、五歳、三歳、一歳の三児を育てている。早く子どもが欲しかったが、実際に育ててみて『もう少し、産むのを後回しにすればよかった』と思っている。

出かける時は、一番下の子をベビーカーに乗せ、上の子二人の手を引く。ベビーカーをたたまないと乗れない電車はお手上げだ。美容院や歯科医院にも行けない。

『母親なのだから我慢しろ』といわれても……。『短時間預かってもらえる託児所やベビーベッド付きのトイレ、授乳室をたくさん作って欲しい』と彼女は要求している。」

東京都多摩《たま》市の二十八歳の主婦は、「『どんなに息子がいとおしくても、育児が楽しい仕事であっても、休みなく続く毎日にストレスがたまる』とつづる。夫や周囲の人は『そろそろ二人目を』というが、もう産む気になれない。『働きたいから産まないだけではないのです。私は私を守りたいから産みたくないのです』と切実だ」とか。

また別の主婦は、「夫は育児に協力的だが、毎晩のように帰宅は遅く、体力的にも精神的にも余裕がない」という。「自分が社会から取り残されているのではと不安に思ってしまう時がある」と。

このあたりまでは、どうも釈然とはしないながらも、「ふーん、この頃の若い母親はこんなものなのか」と思いながら読んでいたけれど、そのうち、二歳の男の子がいる主婦が、「乳幼児のいる社員を安易に転勤させることをやめ、夫を早く帰宅させてほしい」と願っているというのを読んで、メラメラと怒りの焔《ほのお》が燃え出した途端に、ひきつづき、

「産後、里帰り中の実家に舅《しゅうと》から電話がかかって来て、『うちの嫁と孫がお世話になります』といったというので、『二人目なんか絶対に産んでやるものか』と心に誓った」

とあるのを見て、一瞬わけがわからず、怒りの焔は立たずに萎《な》えてくすぶった。

こりゃいったい、どういう意味なんですか。

どうもわからない。

「『産みたくない』原因に、根強い家意識を挙げた人も目立ったとかで、神戸市の主婦（31歳）は『家意識は少子化の隠れた一因』と、息子を『内孫』

扱いする夫の親への不満をつづる」

と記事は解説しています。その解説を二度三度と読んでやっとわかった。要するにこれは舅が「自分と子供」を所属物のようにいったと考えて気に障《さわ》ったということらしい。この舅さんは「息子の妻」は××家の「嫁」であるという日本古来の一家の戸主としての意識を自然に踏襲《とうしゅう》してきた人でしょう。それの何が悪い。舅が嫁の実家に挨拶《あいさつ》の電話をかけたということは、今どき珍らしい古風な律儀な人柄を表している。「ヨメなんぞ、どうだっていい、所詮《しょせん》は他人だ」と思っていれば、そんな挨拶などしない。何十年か前まではそれが「行き届いた人」である印だったんですよ。

しかし今はそれを「行き届いている」とは思わず、「二人目なんか絶対に産んでやるものか」と心に誓ったという喧嘩腰《けんかごし》。

「舅は昔の人だから万事古風なのだなあ」

そう思って笑っていればそれでいい。人の価値観が自分と同じでないからといって喧嘩腰になるような未熟な人間は親になる資格なし。だから「二人目なんか産まない」と決心したのは結構なことだと思いますね。

こういう自分勝手な手合いに限って、子供が大病になるとか、夫が怪我をするとか、思いがけない困苦に出会うと、親を頼りにする。そして親の助けが足りないなどといって文句をいうのでしょう。

「主婦からの投書には『二十四時間一人』という文字が目立った。『働いていなくても保育園で預かってほしい』『公共施設を開放してほしい』との声が多かった」

と記事は結んでいる。読み終わって思わず私がいった言葉は、

「甘ったれるな！」

のひとことと。

「ジコチュー」という言葉を時々耳にするけれど、それが肯定的に使われているのか、否定的に使われているのか、私は知らないけど、少なくともここ

に出て来た若い主婦は「ジコチュー」のゴンゲだわ！

——私は私を守りたいから産みたくない？

ふざけんな、といいたい。子育てのためにストレスがたまって、だから自分を守れない？　自分を守るとはどういうことだ。守らねばならない自分とは、どんな自分なの？

要するに子育てがつまらない、堪《た》え難《がた》い、楽しくない、外へ遊びに行きたい、のんびりしたい、ということなんだろ？　それを「私を守りたい」などというキザな言葉を使って正当化するから話がおかしくなる。「自分を守る」という言葉は、もっと精神的な闘いの場面で使うべき言葉だよ！

かと思うとまた別の日、同じ新聞の家庭欄で、また呆れるような記事が出た。

「一言ほめて欲しかった」へ反響多数（「ほめてほしい」とは了供ナミと私

はびっくり）。

「ママの価値観信じて」

という見出しです。

投稿の要旨はこうだ。

「今春、幼稚園に入った娘の個人面談があった。『話を聞いていない』『工作が雑』『友達とトラブルがある』など、先生からは耳の痛い話ばかり。一つぐらい良いところをいって欲しかった」

という三十歳の主婦のいい分です。そのほかにも「私も一言でいいから息子をほめてもらいたい」と十一か月の子を持つ二十六歳の母親がいってきたという。

「一人で初めての育児をしていると『これでいいのか』『ほかの子と比べてどうなんだろう』と不安になることがある。その時、近くの子育て支援センターのスタッフに、『体も大きいし、この月齢にしてはしっかりしてるわよ』

『こんなこともできるの、えらいね』などと声をかけられると安心する。『子供がほめられると自分がほめられている気がして『がんばろー』って気になるんです」と。

つまり子供が子供を産んで育ててるということなんですな。

なぜ「他人のいうこと」がそんなに気になるんだろう。

「他人の評価や子育て論に一喜一憂せず、どうぞ自身の感性や価値観を信じ、指針や信念を貫いて下さい」

と励ましの投稿を寄せた人（45歳）もいるようだけど、正論というものは相手のレベルが低いとただの観念論になってしまいます。そういわれても「自身の感性や価値観、指針や信念」のない人には、どうすることも出来ない。

いつから日本人は自分の感性で感知し、自分の頭で考えることをやめたのだろう。昔の（私の若い頃）日本女性は男性に比べると学問知識を身につける機会を与えられず、「夫に尽し、子供を立派に育てること」を使命とし生甲斐《いきがい》としなければならなかった。主体性など持たず、親のいうこと、嫁しては夫のいうことを至上のこととして従った。何しろ自分の考えを持つなんて「生意気な女」ということになる時代風潮だから蔭《かげ》でコソコソブツブツ姑《しゅうとめ》の悪口やら亭主の愚痴をこぼして、僅《わず》かな発散をしたものよ。「井戸端会議」という言葉があって、これは昔の日本の女性の悲哀を象徴する言葉です。井戸のそばで洗濯したり野菜を洗ったりしながら、悪口三昧《ざんまい》の時を過す。それが唯一の楽しみ、レクリエーションの場だったというのも哀しい話。その程度のことで発散出来たというのがね、哀しいというより情けない？　いや、いじらしいと私は思う。

そして愚痴をこぼしたり、隠れて涙を拭《ふ》いたりしながら、耐えに耐えて、そうしてだんだん生きる強さが培《つちか》われていった。多少の不自由、不如意《ふにょい》には馴《な》れっこになって……毎日、窮屈な靴を我慢して履いていると踵《かかと》にタコが出来たりするでしょう。つまり辛抱のタコが固くなってくると、しめたもの(?)なんですよ。いつか肝《きも》ッ玉《たま》母さんになっている。肝ッ玉母さんになれば、「あれもたいしたことない」「これもどうちゅうことない」と思えるようになるから、人生、らくになるんですよ。

今はそのタコを作るのがむつかしい時代でね。タコになっていく前に、文句をいい、要求し、それを押し通し、実現してしまうからタコが出来ない。そんなタコなんか作りたくないから、私たちは要求し文句をいって、少しでもらくな人生を送ろうとしているんじゃないの、という人は多分、沢山いるでしょう。

しかしこの社会に生きるということは、そう何でもかでも自分の思うようにならないものと決っています。それにいくら文句や要求をいっても、他人を変えることなんか出来っこないの。自分が変るしかないんです。「一言はめてほしかった」といったって相手は「ほめたくない」のだから、要求しても無駄だ。

「そういう人もいるのね」

と思っていればそれでいいんですよ。そう思うように努力すれば、そのうち「人は人、自分は自分」と思えるようになり、生きることがらくになる。それが肝ッ玉母さんになる第一歩である。

私はそう思って、そう生きてきました。

父の訓え

佐藤家というのはまことに行儀の悪い家で、父がとにかく窮屈なことが嫌い、それも自分だけでなく子供や犬までが窮屈そうにしているのを見るだけでもいや、という人だったから行儀の悪さが家風になっていたといってもいい過ぎではない。

小さい頃、食事の時にきちんと坐っていると、身体がだんだん傾いて行って、そばにいる母に凭《もた》れかかってしまう。すると母が怒って叱《しか》る。

「エイ、もう！　この子は……なんやってこう凭れてくるの！」

そんな時、父はいったものだ。

「脚が痛いんだろう。脚を伸ばしなさい。前へお出し」

母が苦い顔をするものだから、

「きちんと坐ってばかりいると膝《ひざ》が曲るよ。日本の女の脚が曲ってるのは正坐のせいだ」

といい重ねるが、それだけでは終わらない。

「見ろ、この頃の女は夏になるとアッパッパーなんか着る。曲った大根脚をむき出しにして、井上のばあさんなんか、見られたものじゃない。まるで火事場を逃げる家鴨《あひる》さながらだ」

と余計なことまでつけ加わるのが父の作った「家風」だったのだ。

夏など、日中は褌《ふんどし》ひとつで平気だった。日が落ちて涼しくなると浴衣《ゆかた》をひっかけるがたいていは褌ひとつで机に向って小説を書いていた。書いていると汗が肩から腕を伝わって手首へ流れてくる。手首が机でこすれるものだから、てんか粉《ふん》をはたいては書きつづける。

クーラーなどない時代だ。扇風機をブンブンかけてると腰が痛くなってきて大騒ぎする。扇風機というものはどうもイカン、といってたけど、私は子供心に褌ひとつというのがイカンのやないか、と思っていた。

父は犬を鎖でつなぐのも嫌いだった。

「もともと犬は山野を駆け廻って獲物を追ってたんだ。それをつなぐのは犬の本能に反する」

犬も自由でいてほしいのだった。

そんな親の影響で私は犬を放し飼いにしてるというので、近所のにくまれ者になった。それでも犬をつなげない。裏庭に放し飼いにしていてあちこちに扉をつけて、庭の表に出られないようにしている。昔は道を歩いていると所在なげに歩いている犬とか、蛉気《りんき》そうに寝そべってる犬がよくいた。車に轢《ひ》かれた犬の死骸《しがい》とか。子供に虐《いじ》められてる犬とか、あちこちに犬のウンコが転がっていた。

犬のいる町――。

懐かしい。犬がウロウロしてるのは危険で、犬のフンが転がってるのは不潔じゃないか、怪《け》しからんなどという人はいなかった。

飼犬ではないのだが、お腹が空くとやってきて、残飯もらって、またどこかへ行ってしまう。どこの犬だろうなどと詮索《せんさく》しないで顔を見たら食物を食べさせる。そんな暢気な関係だった。可哀そうに、何とか助けなきゃ、なんて奔走する「愛犬家」はいなかった。犬のキモチを考えようなんてしたり顔にいう「愛犬家」もいなかった。犬のキモチ？　そんなもの人間にわかるわけがない。犬は犬、人間は人間だ。犬のキモチがわかったつもりで雨の日にレインコートを着せて散歩させている「愛犬家」に犬はいいたいかもしれない。

「どうかほっといて下さい。そんなに愛さないで下さい」

犬にもいろいろいる。お預けとかチンチンとかして、かしこいかしこいと褒められてご馳走《ちそう》もらうよりも、腹ペコでも好き勝手にほっつき歩く方が性《しょう》に合ってるという犬もいるのだ。

私の子供の頃、飼っていた土佐犬がいなくなった。どこへ行ったんだろう、といってるうちに人が来て、

「おたくの犬、ヤキトリの屋台、引っぱってましたで」

という。

ほっつき歩いているうちにヤキトリ屋の親爺《おやじ》につかまったのか、それともヤキトリの匂《にお》いに誘われてどこまでもついて行ったので、「そんなら車引っぱれや」ということになったのか。父は、

「情けないやつだ」

といって愉快そうに笑うだけで引き取りに行けとはいわなかった。

犬はうちにいるより、ヤキトリのおあまりをしょっちゅう食べさせ

てもらってる方が嬉《うれ》しいのかもしれないと私も思った。思えば私はずいぶん父の影響を受けている。

私は父から叱られたことが殆《ほとん》どなかったのだが、一度だけ、何かのことで、

「ワーイ、ワーイ、儲《もう》かったァ」

といったことがある。その時いきなり叱られた。

「儲かったとか得《トク》したとかいうもんじゃない！」と。

とにかく損得を考える人間はみな「下司《ゲス》」だったのだ。だから私は損ばかりする人間になった。損ばかりしても、クヨクヨしなければそれでいいのである。

第4章

「人間力」とは?

1　ヘンタイ教育

産経新聞に学習院院長田島義博《たじまよしひろ》氏の「子育て改革」というコラムがある。その五十八回目の人間力（下）を読んで、まことに我が意を得たりという思いを強く持ちました。「人間力」というのは、「アタマだけでなく、ココロ、ハラ（あるいはキモ）、それらを容《い》れるカラダの四つのチカラのバランスがとれた『人間としての総合力』」をいうとあります。

1、アタマは確かに大切だが、近頃はアタマだけで人を評価しすぎてはいないか。日本人は知識は国際水準だが知識を使う知恵はやや見劣りし教育をベースとする知性に問題がある。
2、ココロとは「包容力」であり、ウソや裏切り、不正、不公平を憎む心のこと。
3、ハラは勇気、決断力。やせ我慢できる力。他人に罪をなすりつけないで一人で責任を取る度量など、かつて武士が大事にした道徳でもある。
4、カラダは「健全な精神は健全な肉体に宿る」という意味の健康さであり、容れ物だけ立派で中身のない玉手箱は困る。
ざっとこういう趣旨なのです。

「世のお父さん・お母さん方が日ごろ、お子さんに対するときに心していただきたい」と田島先生は結んでおられます。

これは大正論《だいせいろん》というより教育の基本ですよね。この論に反対する人は一人もいないでしょう。しかしですよ、反対する人はいないけれど、いいことおっしゃってるわねぇといいつつそのまま通り過ぎてしまう人が大半なんじゃないかしらん。

というのは、今は本質を考えないで現象に流れる時代だから、「ココロとは『包容力』であり、ウソや裏切り、不正、不公平を憎む心のこと」

といわれると、

「ホントにそうです。今の世の中はみな心が貧しくなっています。昔の日本人はこうじゃなかった……」

と大いに領《うなず》くのだけれど、その一方で、子供の「偏差値」というものが進学や就職でモノをいうという現実がある以上、「ココロよりもアタマが大切」だと思い決めてしまう。

偏差値が高くてもアホはいる、と私などは思っているんだけれど、そういうことをいうと「自分の子供の偏差値が低い人に限ってそんなことをいうのよ」とあっさりやられてしまう。またそれも事実に近いのだからねえ。それが困るんですよ。

偏差値とは何かというと「学力ランク検査数値」というもので、学力検査の結果、その成績が標準をもとにみてどれだけ高いか低いかを比較する方法で、高校受験の際の評価基準として（評価する側が）便利であるから用いられたものにすぎない。それが絶対化されているだけのことなんですってね。

田島先生のいわれる「日本人は知識は国際水準だが知識を使う知恵はやや見劣りし教育をベースとする知性に問題がある」という指摘はまさに偏差値に頼るというか、それを絶対と見なす教育観にあるのです。包容力があって不正不公平を憎む正しい心、判断力を持っていても、偏差値が低いと評価されないという間違いが起きている。第一、親がその間違いを間違いだと思わないから、「ごめんなさい」も「ありがとう」も素直にいえないような子供が育っていても気がつかない。

「うちの子供の偏差値75なんですよ。どうしてかしら？　パパも私もたいしたことなかったのにふしぎねえっていってますの、ホホ」

なんて謙遜《けんそん》自慢《じまん》をしているお母さんがいたが、あんまり偏差値75をいい立てているせいか、その子供が「自分は別格の人間。そんじょそこらの奴とはデキがちがう」と思うようになり、その意識が顔に出るようになってきた。「見るからにイヤな子ネ、生《なま》っ白《ちろ》くて」と蔭《かげ》でいわれてる。生っ白いのは必ずしも偏差値のせいではないと思うけれど、つまり、可愛げのない子供だものだから、クシャミひとつにしても、「クシャミまでえらそうなのよ！」と反感を持たれてしまう。これは母親の責任ね。

「偏差値、それがナンボのもんじゃい」と私はいいたい。それくらいに思っていた方がいい。それくらいに思っている方が「人間力」がつくと思いますね。

大分前のことだけど京都の公立小学校で、性教育授業として、性器が映った無修整の出産シーンのビデオを児童に見せていたという産経新聞記事を読みました。校長先生は「最近、援助交際や出会い系サイトなどが問題になっており、性を通して命の大切さを指導するのが目的」だと語っている。「児童は『気色《きしょく》が悪かった』『怖かった』という感想を述べる一方、学校側に提出した感想文には『お母さんの苦しみがわかり、ずっと感謝したい』と感動の気持ちを書いた（ヘンな）子供もいた」とか。

「気色悪い」「怖い」といった児童の感性は健全だけど、「お母さんの苦しみがわかり、ずっと感謝したい」と書いた児童。こういうもっともらしいことをいう児童の心底を見届けず、教師側は「教育の成果が上った」と思うのだろうか？　なんだか暗澹《あんたん》としてきます。

そのうちに小学校一年生に男女の裸体図を示しながら性器の名称を教えて空欄に記入させるとか、三年生で性交を学ばせるという「性教育」なるものがはやり出したという。その教育の結果、

「うちは週何回しているの？」

と親に訊《き》く子供たちが出てきたとか、学校から帰るなり、男女の性器名を連呼したとか（これはまさか復習のつもりではないだろうが）また、

「お父さんとお母さんがおちんちんをくっつけて私が生まれたんでしょ」

「学校に持っていくから家にあるコンドームをちょうだい」

といった女の子がいたとか。高崎経済大学教授八木秀次氏の「過激な性教育は誰のためにあるのか」という小論を紹介させてもらうと、

「小学校四年になる長男の授業参観に行ったはずの家内から、血相を変えた声で電話が掛かってきた。保健の時間に子供たちが『セックス、セックス、セックス』と連呼させられているというのだ。

女性用の生理用品が男女にも配布され、色水を含ませる〝実験〟をした揚句に、生理用品を『家に帰ってお父さんにあげなさい』と指導されている。教師は黒板に男女が裸で抱き合った絵を張り、恥ずかしがって目を伏せる子

供たちに『顔を上げて見ろ』と強要する、子供たちは『セックスは気持いい』と教えられ、男と女の組み合わせ以外に、男と男、女と女の組み合わせもあると説明されている。（後略）」

　この種の過激な性教育が全国各地に蔓延《まんえん》していると八木氏は憂慮《ゆうりょ》しておられるが、私にいわせればこれらの教師はヘンタイですな。性教育に名を借りてヘンタイ欲を満足させている。児童こそいい迷惑だ。更に読み進むとほかにも性器付きの人形でハウツーを教えたり、〝ふれあいの性〟とやらを教える小学校があるという。子供に避妊具の装着法を実践させる小学校があるかと思えば、コンドームを配布する中学校やピルを手に入れる方法を教える女子高もあるということだ。

　この種の教師はなぜか目の前のことしか考えない。性交は「キモチいい」と聞けば、どんなキモチよさなのか、と好奇心が刺激されてやってみたくなるのが人間というものだ。おとなだってあすこのラーメンは日本一だと聞けば、ラーメン屋へ殺到するじゃないですか。コンドームを見れば面白そうだからかぶせてみたくなる。男性器が勃起《ぼっき》すると聞けば、女の子はどんなふうになるのか見たくなる。性欲がないうちは何を教えても大丈夫と思ってのことだとしたら、人間（子供）というものを知らなさ過ぎるといわねばならない。性欲がなくても好奇心というものはある。子供の成長の大半は好奇心に依《よ》るものだと考えていいでしょう。好奇心を刺激しておいて、あとは知らん顔じゃ無責任すぎますよ。

週刊誌や新聞の社会面で、教師のセクハラが頻々《ひんぴん》と報道されているけれど、こんな授業を堂々と行っているのだもの、セクハラも「実践学習」の一環だという教師が今に出てくるかも。

こうなるとヘンタイ症候群の発生というよりは、「日本人をダメ人間にする」という目的をもつ何か大きな力が教育界に働いているのではないかと勘ぐりたくなってくるわね。

2　御名御璽《オンナオンジ》

その力はまた、例えば学校の卒業式や入学式で国旗掲揚と国歌斉唱に反対、抵抗する一群の教員に働いているんじゃないかしらん。なぜ国旗と国歌をそれほどまでに憎むのか、その理由が私はよくわからなかったんだけど、ある人がそれらは「軍国主義に結びつくからいけない」のだと教えてくれました。戦争中、日本の軍隊が日の丸の旗を立てて侵略して行った、日の丸は侵略の象徴だから否定しなければいけないのだという。

そういえば大分前のことだけど、朝日新聞記者から電話で日の丸の容認派か否かと訊かれたことがありました。私が容認すると答えるとその若い男性記者はひどく気色《けしき》ばんで、どこかのアジアの国（その国の名前は忘れた）の人はいまだに日の丸の旗を見ると脚が慄《ふる》えて歩けなくなるのですよ！　と私を難詰《なんきつ》するようにいった。それほど日の丸の旗は怖れられている、それほど日本軍は暴虐の限りを尽したのだ、日の丸を否定しなければ、日本人はいつまでも外国から信用されない、といいたいようでした。

突然、会ったこともない人間に電話でコメントを求めてきて、その答が自分の意見と違うからといって、興奮してしゃべりまくるというのも珍らしいけれど、朝日新聞といえば「日本一の新聞」だと思って入社した人には、時々こういう権威意識の権化《ごんげ》がいます。

しかしね。私は別の人から、パラオでは日本軍がよほど善政を敷いたんでしょう、いまだに日本人を懐かしがる人が多くいて、日本の神社まで建てているという話を聞きました。そういう国もあるのです。占領軍のよし悪しで人々の感情は決る。日の丸を見て脚が慄える人もいるだろうけど、また一方では有難涙《ありがたなみだ》を流す人もいるのです。一つの現象だけを取り上げて全体を決めつけると片寄った認識になってしまう、というような意味のことを私がいうと、朝日の記者は「そうですか」と木でハナを括《くく》ったようないい方をして電話を切りました。

日本が戦争に敗《ま》けて何年になりますか。五十九年？　それくらい年が過ぎれば、脚の慄えた人ももう慄えなくなっているかもしれない。死んでいるかもしれない。その息子や孫にいかに日の丸の旗の恐怖を説き聞かせたとしても、いつか彼自身の脚は慄えなくなっており、その後の日本人の平和ボケの姿を見聞きするにつけ、息子や孫の恐怖は軽蔑《けいべつ》に変っているかもしれない。たとえ「軍国主義復活」を唱える日本人がいたとしても、現実的に見れば、とても復活する心配なんかないんじゃないかしらねえ。だって戦争は兵隊がいなければ始まらないんですよ。「徴兵」ということになると、今の若者はみんなどっかへ逃げていなくなりますよ、心配しなくても。

国旗国歌の強制は「憲法が保障する思想及び良心の自由を侵《おか》す疑いが強

い」ということだそうで、こういうことを国家が強要するべきでない。学生の自主性を尊重しなければいけないと、反対派の教師たちはいっている。

けれど、「生徒の自主性」といっても、小学生中学生など十代の未成年者の「自主性」は、どのようにして身についたものか？ そもそも「自主」とはどういうものかというと、広辞苑に「他人の保護や干渉を受けず、独立して行うこと」とあるように、親の保護、干渉を受けてこれから成長していく小学生のチビに自主性が育っている筈《はず》がないのです。チビどもが自主性を掲げるとしたら、それは親か教師の誘導干渉を受けることによって作られていったものでしょう？ ちがいますか？ チビどもが自主性をいい立てるとしたら、昔はそんなものただの我儘《わがまま》勝手で片づけられた。「なにをいうか！」の一言で、父親に怒鳴られ母とか兄貴たちにボロンチョにいわれいわれして、そうして、ああも考えこうも思いしてだんだんに培《つちか》われていくものでしょう？ 自主性には年季《ねんき》が要《い》るんですよ。

ある年、東京・国立《くにたち》市の小学校で卒業式の日に校長先生が校舎の屋上に国旗を立てたことで大騒ぎになりました。六年生の生徒代表とその親や担任教師などが一団となって校長室へやって来て、六年生の代表生徒が「ぼくらが反対しているのに、なぜ、国旗を立てたんだ」と校長に詰め寄ったというんですよ。本当は校長先生は卒業式の式場に国旗を立てたかったのだけれども、反対が多いのを配慮してあえて屋上にしたのだそうです。苦肉の策というか、要するに譲歩したんですわ。その苦衷《くちゅう》を察するのが人の情というもんじゃないですか。けれど生徒は、

「ぼくらの心を傷つけた。謝れ！」

と校長に向っていったといいます。生徒がですよ！　ガキがだよ！　年長者の、しかも校長先生に向って「謝れ」と詰め寄ったというんです（産経新聞による）。しかもその子の後ろには担任、親などがいて、一緒に校長を難詰したのか、見ていただけなのかは定かではないけれど（多分、口々に文句

をいったにちがいない）、とにかく子供に向って、「そんないい方をするものではない」というような注意をする者は一人もいなかったということだけは確かです。

教育という字は「教え育てる」と書きます。小学校が教えることの第一は人間としての基礎です。知識を教えることが第一義ではない。人間を「育て」なければならない。その頃だったかしら、時の文部大臣が議会で、

「これからは心の教育に力を入れなければならない」

といって、「心の教育とはどんなことか」と質問されると、

「それをこれから考えます」

と答え、私は呆気《あっけ》にとられたことがあったけれど、大臣に教えたい。

「心の教育」とは礼儀を教えることです、尊敬や感謝を教えることとです。校長先生に向って「謝れ！」などというのは礼を失することだということを諭し教えることとだ。

国旗掲揚をやめさせることと、校長先生に非礼を働くことと、いったいどっちが人間として大切なことか、それを判断する力もない教師や親が大きな顔をしている国立という町は、知識階級が多く住んでいるというので有名だけれど、知識？　それがナンボのもんじゃい、とまたいいたくなります。

校長先生は仕方なく「君たちの気持を考えずに傷つけてすまなかった」と謝ったそうです。それで一行は、漸《ようや》く引き揚げたのですが、校長室を出る間際にそのガキンチョが、

「校長、ヤメロ」

と捨台詞《すてぜりふ》を吐いたという。こういうガキンチョがどんなおとなになってどんな子ガキを産み育てるのか、それを心配しない親や教師がいるのが私はふしぎでたまらない。

卒業式ではどうしても国歌を歌い国旗を掲揚しなければならない、とは私は思いません。しかし、それに抵抗する教師たちの姿のそのかたくなさを見

せつけられると実に不愉快だ。実に醜い。それでも人を教える立場の人間か、といいたい。

めでたい卒業式、入学式なのだから、学校がとりきめたことにその時くらい妥協していいんじゃないか。もっと抵抗しなければならないことはほかに沢山あります。こんなところで喧嘩腰《けんかごし》になってる先生を見て、何が何だかわけがわからないで（国立の生徒は別として）呆気にとられている生徒もいるでしょう。

戦前の学校では式典の時必ず校長先生が教育勅語《ちょくご》を読み上げるものと決っていました。これは生徒にとってとても長くて辛《つら》い時間でした。なにしろ、壇上の校長先生が教育勅語をいただいて捧《ささ》げ持つと、我々は一斉に深々とお辞儀をし、それから姿勢を戻すんだけれど、身体は戻しても頭だけは垂れていなければならない。勅語を聞いている間ずーっと頭を下げているので、ハナ水が垂れてくるんですよ。

我々の子供の頃はなぜかハナ水が垂れ易《やす》い体質——というか、何というか、これは栄養の問題かもしれないけれど、ハナタレ小僧というのはざらにいたわね。ハナタレ小僧は年中ハナを垂らしているからハナタレ小僧なんだけれど、普段はハナタレでなくても、教育勅語になるとハナが垂れてきたものなのよ。勅語というのは天皇様のお言葉であるから、恐懼《きょうく》して微動もせずに聴かなければならない。ちょっとでも動くと先生に叱《しか》られる。今から思うと先生も頭を垂れてハナ水と戦っていたのだろうから、少しぐらい頭を上げても、ハナを拭《ふ》いても見つかることはなかったのだろうけど、何しろその頃の子供はどんな悪たれでも、「ここ一番」というときは素直になったもので(今の人にいわせると権威に弱かった、ということになるんだろうけれど)、垂れるハナ水に苦労しながら、勅語が一刻も早く終わってくれることばかり念じていました。ハナ水をすすり上げると、「ズーズー」と音がするでしょう。その音すらも立ててはいけないと全員が思いこんでいたもので、そのハナ水がハナの下から唇までいかないように、そしてズーズーと派手な音を立てないように、しずかにしずかに、深呼吸をしてハナ水を引き上げるというか、吸い上げるというか……とにかくまあ、たいへんだったんです。

――と、まあ、これほど、ハナ水のことを長々とお話ししてしまうのは、それほど苦労をしたということですよ。

そしてやっと勅語が終わります。

「ギョメイギョジ」

と校長先生がいわれると、それが終りの印だから、そこでホッとして、一《いっ》旦《たん》深くお辞儀をしてから頭を上げるのだけれど、その動きの間に、一斉に、

「ズ、ズ、ズー、ズー」

とハナをすすり上げる（みんなで渡ればこわくない、の心境）。この音はね、当時の日本人の国家権力に対する従順さの象徴ですよ。

ついでながら「ギョメイギョジ」とは、「御名御璽」と書きます。御名は天皇の御名《おんな》。御璽は天皇の印のことです。つまり名前の下にハンコが押してある、ということかしらね。

ここでまた余計な話をつけ加えたいんだけど、戦争中は隣組（町会）の集りでも、組長さんが教育勅語を読まなければならないといい出したおっちょこちょいがいてね。私たちの組長さんは歯医者だったけれど、その先生が教育勅語を読まれた。その時は学校じゃないからハナ水の心配をしなければならないほど、頭を下げる必要はなかったけれど、最後のギョメイギョジのところで、歯医者先生は、ちょっと詰った後でこういったんですよ、

「オンナオンジ」とね。

当時の日本人でギョメイギョジを知らない者は小学生にだっていませんでしたから、みんなびっくりして、それから、歯医者さんは信用を失いました。歯医者の腕とギョメイギョジとは関係ないだろうと思うんだけど。

私の友達にモンチャンというなかなかの観察眼の持主がいたんだけれど、彼女がいうには、歯医者先生は、

「オンナオンジ」

といった後で、傍《そば》にいた奥さんの方をチラッと見た、といってた。そういえば、先生は気弱なお方で、平素から奥さんのお尻《しり》に敷かれているという評判だったのね。

こんなつまらない話、今は笑い話だけれど、当時は真剣に語り合われたのよ。「御名御璽」を読めなかったのは、不敬罪《ふけいざい》に当るんじゃないかといきまくオッサンがいたりして。もしかしたら、卒業式で生徒が起立して、君が代を歌っている時に、苦虫をかみつぶしたような顔で椅子《いす》に頑張っていた君が代反対の先生の姿は、何年か後、教え子の間で笑い話として語られるかもしれないし、それとも、抵抗運動《レジスタンス》の美談として語り継がれることになるのか？

こうして時代は流れ来て流れ去り、それと共に人も流れていくんですね。

祖父の訓え

私の祖父は佐藤弥六《やろく》といって津軽《つがる》藩の微禄《びろく》な藩士だった。山鹿《やまが》流の兵学を学び、その後藩命で江戸出府。勝海舟《かつかいしゅう》の塾で「海軍船員運用学」を勉強したが面白くないといってやめて国へ帰った。それからまた藩から命じられて上府し、今度は福沢諭吉《ふくざわゆきち》の門下生となって勉強した。それから「故《ゆえ》あって脱藩し浪人となった」と経歴にあるのだが、この「故あって」というのがどういう「故」なのかわからない。

おそらくなにか面白くないことがあったのだろう。

浪人になった後、河田相模守《かわださがみのかみ》という旗本の家庭教師になった。英文法と地理を教えたという。

その次は池田弾正《だんじょう》という旗本の屋敷に住み込んで英学を教えた。なかなか待遇はよかったらしいのだが、ここも三か月くらいで辞めている。

それから伊豆韮山《いずにらやま》の代官江川太郎左衛門《えがわたろうざえもん》という人の所へ行くことになったが、そこへ津軽から田中という藩士が来て、津軽藩に帰藩せよという。

「オレは津軽なんかへ一生行くものか。津軽の方へ向って小便もしない」

といい放ったので、田中は怒るまいことか、不忠者！　と罵《ののし》り、大喧嘩になったため、伊豆行きは中止となった。

とまあ、こういう人間で、なぜ津軽をそんなに忌避《きひ》したのか、理由は定かでないが、わかることとは、「気に入らないことが多い」、

「我慢が出来ない」人間だったことである。

「高位高官も富貴もあったものではなく、いやしくも不正、曲事《きょくじ》は断じて許さぬ人物。

誰の前であろうと遠慮も何もあったものではない。忽《たちま》ちにして寒風肌を裂くような冷ややかな罵声《ばせい》を浴びせた」

と祖父を知る人は書き残している。

「怒る時は猛獣も仆《たお》れたという古《いにしえ》の田村将軍（坂上田村麻呂《さかのうえのたむらまろ》）を思わせた」とも。


維新の後、祖父は弘前《ひろさき》にいて郷土史や藩史の研究をしたり、神戸から船で輸入雑貨を運んで、西洋小間物の店を出したりして、まあ、地方名士のような存在だったが、中学校の入学式に来賓として招かれた時、校長が勤倹《きんけん》貯蓄の奨励演説をしたところ、突然、来賓席か

ら立ち上って、

「武士の子に金を溜《た》めることを教えるとは何ごとか！　そんな学校は焼いてしまえ!!」

と叫んだという有名な話が残っている。

後に伊藤博文《ひろぶみ》が政界への進出を奨《すす》めにわざわざ弘前まで訪ねて来たが、その時も、

「このオレに小僧っ子の仲間入りをせよというのか！」

といって断った。

もっと普通に「有難いお話ですが、お断りしたい」といえばいいところを、「小僧っ子の仲間入りをせよというのか」などと一言多い。とにかく常に大袈裟《おおげさ》で喧嘩腰の威張《いば》りやだった。

そんなこんなの逸話がいっぱいあって、私はそれを聞くたびに、

「やっぱりなァ……」

感無量という気持になる。

血は争えない――私にもその血が流れているんだなア……と思うのだ。

祖父は私が生れるひと月余り前に死去したので私は、祖父の顔も知らず、いうまでもなく何ひとつ影響を受けていない。なのに、私はどうも祖父に似ているらしい。私も権威嫌いで喧嘩っ早く、「怒る時は猛獣も仆れたという田村将軍」のように怒る。私の父もそうだった。長兄（サトウハチロー）もそうだった。ほかに三人の兄と姉がいるけれど、それをとび越して、末っ子の私が「田村将軍」を受け継いでいる。

だから私はよくいうのだ。

私のこと怒りん坊だと皆いうけれど、私が悪いんじゃない。じいさんが悪いんだ、と。

第5章

覚悟ということ

1　他人《ひと》の迷惑考えよ

イラクの状況が不穏《ふおん》を極めているので、自衛隊以外の日本人の入国を外務省が再三、止めていました。それでも出かけて行ったボランティア二名とカメラマン一名が人質となり、交換条件として自衛隊の撤退を要求してきた。この事件で九日間、日本中が大騒ぎになりましたね。

例によってメディア上で様々な意見がとび跳ねましたけど、私の知る限りでは「自衛隊撤退論」が大勢《たいせい》を占めていたように思います。

「そもそも自衛隊を派遣したりするからこんなことになった」

といい出す人も少なくなく、民主党の菅直人さんなんかもそういってたんじゃなかったですかねえ。

「だからいわないこっちゃない。わたしが反対したでしょ。なのに人のいうこと聞かないもんだからこんなになっちゃったんだわ！」

と旦那《だんな》さんに喰《く》ってかかる奥さんを連想しましたよ。私なんかも昔はよくやったものです。

かつて日本はアメリカと戦争をおっ始《ぱじ》めて、やがて焼野原になって惨敗したけれど、その時、

「アメリカなんかと戦争を始めるからこんなことになった」

とは当時の日本人はいいませんでしたよ。そんなことをいっている暇がなかったというか、いったとしても家の中でコソコソと愚痴ってただけだったというか。過ぎたことをとやかくいってもしようがない。敗《ま》けたからにはこの現実を何とか建て直さなければならない、いかに耐えて生き抜くか、とい

うことでイッパイだった。必死でね。

テレビでは人質の家族が並んで、自衛隊撤退を要求していました。撤退するといえばすぐに帰してくれるものを、政府がはっきりしないものだから約束よりも日にちが延びていく。家族は感情的になって、自衛隊撤退を求めて殆《ほとん》ど喧嘩腰《けんかごし》。小泉首相に会いたいというが首相が会わないのでますます感情的になった様は見苦しく（身内が生きるか死ぬかの瀬戸際だもの、そのキモチはよくわかる、といった人もいるけれど）多くの人の反感を買ってしまいました。

その段階で私はある週刊誌に意見を求められたので、こんなことを書きました。

「昔の話を持ち出すのは恐縮ですが、私などの若い頃は『覚悟』ということをそれは厳しくいわれたものです。自分が選んで行うことには責任が伴うこと。そして失敗するかもしれない時の覚悟をしておかなければならないこととをです。例えば息子が戦地に赴く時は『覚悟を決めたか』と親はいったものです。娘が嫁に行く時も『覚悟は出来ているね』と念を押しました。前途にはどんな苦労が待っているかしれないが、行くと決った以上は苦労に耐える心構えで行きなさい、ということです。

『覚悟の家出だ。止めないでくれ』

といって家出する息子もいました。

もっとも私はその『覚悟』が足りずに嫁に行き、離婚をした人間ですからあまり偉そうなことはいえないのですが、しかし離婚をする時には固い覚悟を決めましたよ。これからは人に頼らず、一人で生きて行く覚悟でした。慰謝料とか嫁に行った時の荷物を返せ、などとはいいませんでした。

今回の三人の男女も外務省の再三の警告を無視してイラク入りしたからには、当然覚悟を決めていたと思います。いや、そう思いたい。もし警告を知らなかったということしたら、それはもう話になりません。紛争の国へ行く資格なしといいたい。

イラクの苦しんでいる人たちのために力を尽したい、役に立ちたいという正義感とヒューマニズムの情熱に目がくらんだというしかないでしょう。

その結果、こういう事態になり、日本の国は瀬戸際に立たされています。自衛隊を引き揚げさせて卑劣漢《ひれつかん》に屈伏するか、三人を見捨てるかの二者択一を迫られています。自衛隊派遣を決めるまでの日本政府の苦慮、派遣にかかる費用はどれほどのものか。自衛隊員とその家族は耐え難い思いを怺《こら》えて、政府が選んだ道に従ったのです。

もし自衛隊が引き揚げたとしたらその後、どんな事態が展開されていくか、北朝鮮の脅威を感じつつ軍備のない日本。いくら平和を唱えても、相手方も同じように平和主義とは限らないんですからね。金ばかり持っていても自力で自分の国を守る力がない日本は、今のところではアメリカのポチと罵《ののし》られても、じっとガマンの子でいなければならないんじゃないですか?　それともいざという時が来たらいさぎよく自爆するか……。それにも覚悟がいります。

三人の命を救うために自衛隊を引き揚げます。ハイ、サヨナラ、といったらアメリカはどうするでしょう？　政治外交の専門家ではない私だから、知識不足の素人《しろうと》考えにすぎないんだけれど、素人なりにそういうことをあれこれ考えてしまう。すると、そうあっさりと、『人命は地球より重い』自衛隊撤退賛成！　とはいい兼ねるのですよ。

こういうことをいうと必ず早合点して、佐藤はアメリカのイラク攻撃の賛成者だなどと決めつける人が出てきますがね。そんなこと、反対に決ってますよ！　反対だけれども、諸般の事情でこうならざるをえなくなってしまったんです。自衛隊を引き揚げた後、果たしてどうなっていくかを考えるとそう短兵急《たんぺいきゅう》に結論は出せないんですよ！

私が三人の人質の親であったなら、こういいます。

『本人は覚悟の上でしたことでしょうから、どうかほっといて下さい。なりゆきに任せましょう』と。

自分で選んだ道で起きた不測の出来事は自分で責任をとる。それが私の人生観です。

でも、もしかしたら、三人の人たちもそう思って行動したのかもしれませんね。

『我々は我々の自由意志で行動したからには、自分で責任をとります。その覚悟でした』

といいたいかもしれない。家族が心配してくれていることは、もしかしたら有難迷惑と思っているかも。

人が意志を貫徹《かんてつ》するということはそういうことなんですから。冒険家といわれる人たちはみな、そう考えて冒険に出るのでしょう。だから立派なんですよ。

と、ここまで書いた時、テレビニュースが三人の解放を報じました。家族の人たちが歓喜している様子が映し出されている。何日か前に激昂《げっこう》して自衛隊を撤退させよと政府に要求していた時の、あの興奮を恥じている気配はどこにも見えない。

家族の人たちはまず、ここまで努力した政府に感謝し、心配や迷惑をかけたことの謝罪をするべきです。数日前に、『もし無事に帰って来て、再びイラクへ行くといったらどうしますか?』とテレビで聞かれた時、全部の人が、『本人の自由意志に任せたい』と答えていたのを私は思い出しました。

自由意志によって行く時は、どうか『何が起こっても政府に要求しません。覚悟をして行きます。国には迷惑をかけません』と固い約束をしてから行ってもらいたいものですね」

以上がその時点での私の意見です。

2　親教育の必要

この頃しみじみと思い出すことがあります。十年くらい前のことだけど、カンボジアでボランティア活動中に射殺された中田厚仁《なかたあつひと》さんという青年の事件がありました。その時、中田厚仁さんのお父上がテレビでいわれた。

「こういう事態が起こるかもしれないことは覚悟していました。希望していた国際貢献が全《まっと》うできて本人も思い残すことはないでしょう」

そう語る中田氏の口辺には微《かす》かな笑みさえ湛《たた》えられていたのです。

その姿、言葉に対して私は、「ついに滅び去ったかと思っていたかつての『日本の父、日本の男子』がまだ存在していたという驚きと感動を覚えずにはいられなかった――」と当時のエッセイに書いています。

ところがその夜、テレビでその記者会見のビデオフィルムが流された後、キャスターの久米宏が、こういったんです。

「こういう時にあんなふうにニコニコ笑えるもんですかねえ」

そういって、ちょっと小首をかしげる素ぶりをした——ということは、「こんな時にニコニコ笑えるなんて、たいした人物だ」と褒めているのではなく、さりげなく皮肉をいってみた、というイヤミな感じを出そうとしてるようで、私は思わずむっとした。

その後、朝のワイドショウなどでも「少しカッコをつけすぎる」というような中田氏への疑問や批判があったということで、ビートたけしも「こういう立派なことをいわせる（いわねばならぬと思わせる）社会の方に問題がある」といっていたとか。不愉快というよりも、私はもうほとほとこの国がいやになりましたよ。

日本人は変質した。価値観ばかりか、感受性が根こそぎなくなった。人の心の襞《ひだ》を汲《く》みとるデリカシイをかつての日本人はみな持っていましたよ。しかし今は心の陰翳《いんえい》を感じ取る前に、自分勝手な独断的分析をし批評をする。人の言葉の蔭《かげ》にあるものがわからない、わかろうとしない高慢な不感症になり果てた。

確かにかつての日本には心にもない建前をいわねばならないという社会風潮がありました。

「お国のため、天皇陛下のおん為《ため》に立派に死んできます」

と戦地へ赴く兵士が挨拶《あいさつ》したことなんかそうです。海軍では戦死者の遺族は涙を隠して、

「お国のために役立って本人も本望でございましょう」

と弔問客に挨拶しなければならなかった。

それを国家権力に支配されていた哀れな人間の姿であると決めつけるのは簡単です。しかし、そういう言葉を口にすること——こういうのを痩我慢《やせがまん》と

いうのでしょうが――痩我慢をして歯をくいしばって悲しみを耐えることが、かつて我が国では美徳だったのです。日本人はそういう歴史の中を生きてきた。泣き崩れるよりも我慢している姿を美しいと、誰もが感じた。そして実際にそうすることで悲しみを越えたのです。泣き喚《わめ》いて越える場合もあるが、耐えて微笑して越えるということもある。それは権力によるものというよりは、日本の国民性、文化だったと私は思うのね。

少なくとも私などの年代までは悲歎《ひたん》を押し殺して、建前をいう姿に心打たれました。そうしてそこに「惻隠《そくいん》の情《じょう》」というものが生れ、「口には出さないがわかり合っている」という、しみじみとした優しい人間関係が出来たのです。そういうデリカシイを日本人は愛したのです。それは陰翳を尊ぶ日本の文化の源です。

テレビの若いタレントが中田氏にこう質問しました。

「中田さんはずいぶんご立派なことをいっていらっしゃいますけど、本当の気持はどうなんですか？」

開いた口が塞《ふさ》がらないとはこういうことをいう。もう「惻隠」なんてことはいわない。せめて礼儀を弁《わきま》えよといいたい。だがこういっても何が、どんなに礼儀に外れているかがこのバカにはわからないだろう。

昔はバカは後ろに引っ込んでいたものだ。昔のバカはえらかった。自分がバカであることをちゃんと知っていた。お前はバカだから引っ込んでいろと教える人がいた。今はそれを教える人がいないばかりか、テレビメディアではバカを出せばそれなりに（面白がられて）反響が起きると浅はかに考えるものだから、バカはテレビに出られるのはエライからだとカン違いして平気でしたり顔してしゃべる。

こういうことをいうと、バカバカとそういう差別語はやめなさい、などとしゃしゃり出てくる手合いがいるけれど、そんなことをいっているからバカが大手をふって減《へ》らず口《ぐち》を叩《たた》く。今に日本はバカ大国になるだろう――。

つい興奮してしまいましたが、つまりそれほど（激昂するほど）中田さんは立派な人物だと私は崇敬しているのです。

テレビタレントのバカアマッチョに、

「本当の気持はどうなんですか？」

としたり顔に訊《き》かれた時、中田さんは怒らず慌てず騒がずこういわれた。

「心の中では慟哭《どうこく》しています」

ああ、何たる立派な返答か――そう感歎した折しも、アマッチョはこういった。

「慟哭とはどういうことですか？」

私はテレビ画面のアマッチョに向ってそばにあった土瓶を投げつけたくなったわよ！

しかし中田氏は静かに、

「心の中では泣いています」

と説明なされたのです。

それから十年近い月日が過ぎ、その間に日本人の精神件は更にどんどん落ちていきました。「精神性」といってもどんなことかわからない人も少なくないでしょう。

精神性の基本となるものは、

「今日一日、親切にしよう
今日一日、明るく朗らかにしよう
今日一日、謙虚にしよう
今日一日、素直になろう
今日一日、感謝をしよう」

という五箇条であると、心霊研究家の中川昌蔵《しょうぞう》先生がいっておられる。

あまり素朴すぎて、理屈好きの現代人にはピンとこないでしょう。しかし、まさしくこれは真理である。私はそう思います。理屈として考えることではなく、これだけのことが刷《す》り込まれているかどうかで人間性が決ると私は思います。

現在の我々を考えてみると、与えられることが当たり前で、感謝するということがない。自分のいうことすることは正しいという自信を（なぜか）殆どの人が持っていて、子供は親や先輩の意見など無視するのが当然のことになっている。小さな子供が電車の中やレストランなどで騒ぎ立てるので注意をしたら、その母親から逆《さか》ネジを喰ったという話を、二度や三度じゃない、またかというほど、耳にします。

「子供が騒ぐのが何が悪いんですか？」

と母親たちはいうそうだ。

「公共の場で騒ぐのは周りの迷惑だ」

というと、

「子供は騒ぎたいんです！　子供の自由でしょう！」

といい返す。昔の日本の母親は、人から注意されると、他人に迷惑をかけたという事実を認めて謝ったものです。そして子供を叱《しか》りました。それが、謙虚、素直ということです。

感謝も謙虚も素直さも捨てた今の日本人の「精神性」は落ちている――。精神性という言葉はひどくむつかしいことのようですけれどね。その根っこはこういう素朴な心がけから高みに向って開いていくものなんですよ。

中川昌蔵氏はこの五箇条を書いたものを便所の扉に貼《は》っておきなさい、といわれる。べつに便所でなくてもいいんだけれど、便所に坐っている時というのは、テレビもなし、話相手もなし、頭の中が暇な時だから、ついそこに貼ってある言葉を眺める。眺めているだけでいいと中川氏はいわれる。そこが中川先生の素晴しいところです。一所懸命に憶《おぼ》えようとしたり、考えたり、反省したりしてはいけないというんですよ。大切なことは例えば太陽の光をしらずしらずのうちに身体が受けるように、この五箇条がいつか刷り込まれていく――。それが大事だというんです。いいですか、意識してはいけませんよ。そういう人になろう、ならねば、などと思ってはいけません、と中川先生はいわれました。この五箇条を空気のように吸っていればいいのだ、とね。

戦前の日本の家庭には、そうした「空気」がありました。物質よりも精神を上に置く空気が。その空気が消え果てたことが、人間性の衰退につながっていることに、いったい何人の人が気がついているでしょう。

教育についての意見や心配が毎日のように新聞雑誌を賑《にぎ》わしている今日この頃です。しかし議論ばかりしているうちにどんどん事態は悪化している。未成年者の問題よりもその親の教育をし直さなくてはならない。もはやそういう時代になり果てましたねえ。

師の訓え

私は三十八の頃、三日に一度はマッサージ師に来てもらわなければならなかったほどの肩凝症《かたこり》だった。しょっちゅう頭痛がして肩は鉄のおもりを載せたよう。イライラして怒ってばかりいた。もっとも怒る方は肩凝りが治った今でもつづいているけれど。

そんな時に友人の紹介で臼井栄子《うすいえいこ》先生という「整体《せいたい》」の先生を知った。はじめての時、臼井先生は私の背骨を触りながら、

「あなたは例えば『あら、いやーだ』というようないい方をしたことがないでしょう？」

といわれた。その言葉に私はびっくりして、いっぺんに信頼の気

持が固まったのだった。まことにその通りなのである。私は生れてから女らしい声で、

「あーらまあ」とか、

「あら、いやだ」

などといったことがなかった。「類をもってあつまる」というか、私の親しい友人もみなそんな人ばかりだ。

背骨を見ただけで人の性格や癖までわかるとはこれは、たいへんなお方だと思った。

「あらいやーだ」

と普通の（女らしい）女性がいう場合に私は何というか？　考えてみたがわからない。たいてい感嘆詞みたいなものは口から出さない。いや、出ないのだ。

臼井先生に一週間に一度、整体操法をしてもらっているうちに、

肩凝りが気にならなくなってきた。凝らなくなったというのではないが、気にしてイライラすることがなくなったのである。

それから週に一度、欠かさず臼井先生の操法を受けるようになった。五年くらい経《た》った頃のことだ。私の夫が経営していた会社が倒産し、その倒産額は二億だという。二億と聞いてもびっくりしなかったのは、当時（昭和四十二年）の私の金銭感覚では捉《とら》えられない、殆ど天文学的数字だったからである。

ウソだろう。間違いだろう——。そんな感じだった。

そのうちジワジワと実感がきた。この家は四番抵当まで入ってるとか、今に借金取りが押しかけてくる、中には暴力団まがいもいるなどと聞くと、さすがの私もキモが潰《つぶ》れて、身体から力が抜けた。

たまたま倒産と聞いた二日後に、小学校の同窓会が開かれることになっていた。私はあらかじめ出席の返事を出していたのだが、出席するどころか、気持も身体もヘナヘナになって動けない。それでとりあえず臼井先生のところへ行って身体を調節してもらおうと考えた。

すると先生はいつものように私の背骨を触った後、こういわれたのだ。

「佐藤さん、何があったんですか。いつもと身体が違いますね」

それでかくかくしかじかと倒産の顚末《てんまつ》を話したところ、先生は静かに穏やかにこういわれた。

「佐藤さん、苦しいことがきた時に、そこから逃げようとするともっと苦しくなりますよ。いっそ苦しいことの中に座りこんでそれを受け止める、その方がらくなんですよ」

と。

「ですからね。今日これから同窓会へ行きなさい。大丈夫です。行っていらっしゃい」

その言葉が私の人生を決めた。その方が「らく」という言葉に、恰《あたか》も溺《おぼ》れる者が、投げられた浮袋に取りつくように、忽《たちま》ち私は縋《すが》った。

誇張ではない。私の人生はその言葉から始まったのだ。

よし、行こう――。

とその場で気持が決った。そして私は同窓会へ行った。

行くと会はもう始まっていた。

「佐藤さん、遅かったね」

といわれたので、

「いや、実はうちの亭主が一昨日《おとつい》倒産してね、そんなこんなで遅れたのよ」

というと、みんな目を丸くして、

「君は、倒産したというのに、よく来たねえ……」

と驚いている。

そうか、やっぱり普通の人はこんな時にノコノコ同窓会なんかに来ないんだな……。

——でもわたしは来た……。

そう思うと元気が出てきた。私にはここへ来る力があったということが、多分自信になったのだと思う。

その後の私は阿修羅《あしゅら》のように戦った。逃げるともっと苦しくなる。受け止めた方がらくになる——。くり返しそう自分にいいきかせつつ。

苦しんでいない時は、どんなによい言葉も素通りして、猫に小判になってしまう。苦しんで、求めている時に出会った言葉は身体の奥の奥まで染み込むものなのだ。

苦しむことは決して悪いことではない。そう思えるようになったのは、ひとえに臼井先生のおかげだと思う。くり返す。先生の一言が私の人生を決めた。あの言葉がなかったら、その後の私の人生はどうなっていたか……想像出来ない。ただただ有難いと思う。

第6章
私のふしぎ

1　便利は人をアホにする

人が来て、今度とても便利な冷蔵庫が出来たらしいという。どんなものかというと、冷蔵庫の中には買ったまま使い忘れていたものや、次々に食べ残しを入れるものだから奥の方に押し込められてカビが生えてしまったとか、そんな失敗がよくある。それを防ぐ装置がついている冷蔵庫だというんです。

なんでも液晶画面が扉についていて、例えばボタンを押して「食品メモ」というところを出して、

「肉　四百グラム　七日後に使いたい」

と入力するんだそうですよ。魚とか野菜とか、みなそんなふうに入力する。するととと「残り×日ですよ」と教えてくれる。食物ばかりでなく、「生活メモ」のところには、

「生ゴミ出す日、×曜日」
「燃えないゴミ、△曜日」

などと入力しておけば、生ゴミをつい出し忘れるという失敗はなくなるという「スグレモノ」なんだそうですよ。便利よねえ、助かるわア、うちじゃ、しょっちゅう冷蔵庫のもの腐らせてるの、とその人が折角喜んでいるのに、イチャモンをつけるのも心ないことに思えるので、

「なるほどねェ、便利といえば便利ねえ」

といいはしたけれど、心の中では「便利便利といいながら、だんだんアホになっていく」と思ってた。

「電子辞書はいいですよ、いちいち辞書を引かなくても電子辞書のキーを押せば、すぐ出てくるんです、漢字が……」

と人がいうのを聞いたのは何年前か。そんなものに頼ってると字を憶《おぼ》えなくなるじゃないか、苦労して辞書を引くという行為の中には、単にどんな字かを「知る」ということのほかに、その文字の意味や使い方を覚えるという利点があるじゃないですか。なるほど、この言葉にはこういう意味もあったのか、こういう場合にも使えるのか……とかね。手間をかける分だけ、身につくものが増えるというわけですよ。

「いつまでも暑い暑いといっていましたが、ふと秋の気配を感じる今日この頃でございます」

なんて、手紙というものは時候の挨拶《あいさつ》から始めなくてはならないと思いこみ（そう教えられ）、そのためについ手紙を書くのが億劫《おっくう》になるということがよくあったけれど、今はメールを使えば挨拶ぬきで用件だけ書けばいい。

「便利ですよォ、らくですよォ」

と推奨されて、時候の挨拶など苦手の私は、なるほど、それはいいわね、と一応は賛同しましたけどね。でも（私はそのような「文明の利器」は扱い馴《な》れていないので）友達にきたメールというのを見せてもらうと、

「ミカンをたくさんありがとう。

こちらからはリンゴをおくります。

めずらしくありませんが、たべてください」

というようなもので、これは手っとり早くていいですね、といいながら釈然としない。私の父母が生きていた頃なら、こんな手紙を書こうものなら、言下に、

「こいつはバカだ」

といったでしょう。

「×さんは電報みたいな手紙を書く」

と私の母もよくいっていました。勿論《もちろん》、バカにして。全く昔の親はうるさかったのねえ、と若い人はいうだろうけど、うるさい、うるさいと思いながら、そう思っているうちにいやおうなしに身についたものがあって（伝統とはそういうふうにして残ってきたもの）いつか「うるさい」といわれる立場になっている。

メールはつまり電報だと思えばいいのだろう。

「ハハ　キトク　スグカエレ　アニ」

これは電報だからこれでいい。火急の場合だからね。

けれどメールは火急の場合じゃないんですよ。日常的に使われていて、電報なみに簡略化されている。

そしてだんだん人は簡略化のらくさに馴染《なじ》んで表現する力を失っていくんです。言葉というものは「伝達」し、かつ表現する役目を担っています。メールは伝達をするけれど表現はしない。いや、しようと思えば出来ないこととはないけれど、短かい言葉で表現するのは本当にむつかしいことだからねえ。
「今朝、庭のバラが一輪咲きました。
まっかなバラです」
では何も表現してない。伝達だけ。バラ一輪咲いた嬉《うれ》しさ、その可憐《かれん》さを表現するには言葉数が必要です。
「バラが咲いた
バラが咲いた
まっかなバラが
淋しかった僕の庭に
バラが咲いた」
という歌が流行したことがあったけれど、これはね、
「淋しかった僕の庭に」
の一行によって、ある心持を「表現」しているんですよね。

「バラが咲いた
バラが咲いた」
と二度くり返していることで、淋しい心にひろがった嬉しさも表現出来ている。これが、
「バラが咲いた
まっかなバラが
僕の庭に咲いた」
だけではなにも表現出来ていない。
そんなもんですよ。メールに嵌《はま》った人が表現するとしたら、
「バラがさいたよォ、
ウレシイ。バンザーイ」
嬉しさは伝わるかもしれないけれど、小学生ならこれでいいけれど、大のおとな（ついでながら大学生はもうおとなです）がこんなメールを送るとし

たら、その人はコドモのまま、成長していないということになる。

ええと……何をいおうとしていたんだっけ……？　そう、冷蔵庫のことだったわね。それから電子辞書の話になって、メールになって……そうです、つまり、私がいおうとしていたことは、この分でいけば人間はどんどん退化していくということでした。

だいたい昔の日本人に較《くら》べたら、現代人は脚力はなくなっているし、腕力も落ちている。体格はよくなっているけれども、でかいだけで持久力は低下しています。しかし全体に長生きで八十、九十歳なんて珍らしくなくなった。乳幼児の死亡率も下っているんじゃないですか？　栄養学、医学、薬学の進歩のおかげですね。

よく考えてみると、これは人間の肉体が進化したのではなくて、衰えを補う技術が進歩したということでしょう？　眼の衰えはメガネで補い、歯には入歯、耳には補聴器、禿《はげ》にはカツラ、植毛、という具合に科学技術の力が若さと長命を与えてくれたのです。けれどもあえてくり返します。人間の肉体は進化していない──。進化したのは頭脳だけ。

現代の文明の進歩は「人類の幸福とはどんな幸福か」を考えることをやめた上での進歩ではないのか？　目先の安楽、慾望《よくぼう》の充足、便利、快適を目ざしている進歩です。その進歩によって人間の中で磨滅《まめつ》消滅していくものがあることに気がつかない。文明の進歩が人間を退化させている。そのことに人々はなぜ気がつかないんだろう。

「文明の利器嫌い」の私の家でも、お湯が沸くとピイピイと音を立てる電気ポットがあるし、扉が少し開いているとピイピイと教える冷蔵庫、加熱終了を知らせる電子レンジの音、お風呂が沸いたことを教える音など、一日中あちこちでピーピーブーブー、物が音を出しています。うるさいからそんなものはいらん、といってても、それしか売ってないのだから我慢するよりしかたがない。

でもおかげで、あっ、お風呂の水を入れすぎた！　沸きすぎた！　あっしまった！　あっ、気をつけなくちゃ、とドタバタすることはなくなったじゃないの、という人がいるけれど、今となってはあのドタバタも悪くなかったと思うのね。

もしかしたら、あのドタバタ。失敗。気をつけなくちゃ、気をつけなくては。アレは？　コレは？　ダメじゃないの、×チャン。気をつけてなくちゃ、何してるのよ、ホラ、ホラ、ホラ、と子供を叱《しか》ったりしていることで、頭はフル回転していて、そのお母さんのフル回転に巻き込まれて子供たちの頭も回転するようになる——なんてことはなかったかしら。ありましたよ。確かにあった。

日進月歩のこの文明。なんて便利なんでしょう、と喜んでいるうちに、回転を忘れた頭は次第に錆《さ》びついていく。人は怠《なま》け者になり、注意しなくなり、考えなくなり、反射神経だけが発達していればいい、ということになっていく……のではないか。私はそんな心配をします。

今更ここで私がしゃべり立てるまでもなく、そのことに気がついている人たちは少なくないのかもしれません。しかし気がついているのだけれども、どうしたらいいのかわからない。人間の快適便利経済発展のために大地森林を侵蝕《しんしょく》したツケが廻《まわ》ってきていることくらいは小学生でもわかっているのに、止めることも出来ない。いったいなぜ？

人間は今、大きな矛盾の中を流れています。わかっているけど、心配しながらこの流れをどうすることも出来ないでいる。一緒に流れているしかない。流れまいとすると中洲《なかす》にとり残され、やがて溺《おぼ》れてしまうから。そして自分たちの人間としての変質にすら、気がつかなくなって、アホになって流れていく――。

その行く先は？

アホは行き先なんか考えないから気楽でいいけれども、アホでない人たちはこの物質文明の進歩の行きつくところを想像して暗澹《あんたん》としながら……やっぱり流れている。

2　考えない幸せ

小学生の女児が同級生を殺害しました。

すると識者なる人たちを抱えるメディアはこういいます。

「命の大切さ、心の大切さを教えよう」

それはもう聞き飽きた。少年少女の殺人事件が起こるたびにくり返されるお題目《だいもく》。

問題は、「それをどうやって教えるか」ということでしょう。それをコメントしてくれなければ、訊《き》いた甲斐《かい》はない。しかし今の「識者」は深く考えない、上ッ面《うわつら》の知識だけの「識者」ですからねえ。それ以上に何も考えないから答えられない。

「今一度、我が子にしっかり目をやり、小さなサインも見逃さず愛を注いでいきたいものです」

という新聞投稿がありましたけどねえ。

「小さなサインを見逃さず愛を注ぐ」

なんて、カンタンにいうな、といいたい。

「小さなサイン」とはどんなサインです？　たとえサインらしきものに気がついたとして、さて、それからがたいへんなんですよ。どうすればいいか。

今は年代によって生活感覚が違ってしまっているんです。早い話が欠乏の中で我慢しながら育った世代と欠乏と我慢を知らない世代との間には深い谷のような断絶が横たわっている。

かつてケーキなんてものは、お客さま（しかも上等のお客）に出したもので、子供なんぞは食べられなかった。おやつにショートケーキをパクパク食うなんて、「大金持ちか華族さま」だと思ってましたよ、私なんか。私の子供時代のおやつはヤキイモ。キャラメルや煎餅《せんべい》、豆菓子みたいなものが上等の方で、たまにケーキがあると、

「何があるの？　今日は？」

なにごとかとびっくりする。お客が食べ残した時だけ、子供の口に入るのでした。それでも私たちはまだよかった。お客の食べ残しがあったから。その後の世代は戦争中の物資欠乏時代の子供だから、それは気の毒なものだった。

甘いものなんかない。昨日の残りご飯を塩で握った焼むすびなどいい方で、そのご飯に芋やカボチャが混《まじ》るようになり、そのうち「残りもの」など何も

ないという世の中になった。

　もうおいしいもまずいもない。口に入るものなら何でも「ワーイ、ワーイ」喜んで食べた。そうして、どんなことでももの喜びし、有難がり、苦労してこれを調達して食べさせてくれる父や母に感謝しました。

　やがて豊かさと自由がやってきました。その中で育つ子供たちは「空腹」とはどんなに切ないものかを知らず、戸棚や冷蔵庫におやつが常にあるというのが当たり前。お弁当は栄養のバランスだけでなく、色どりも考えて見るからにおいしそうに、美しく作らなければ、なんてことになって、昔ならお花見のような弁当（給食）を子供は食べるようになった。

　それが当たり前だから感謝も有難うもない。

　うちの孫（中一）なんか、

「チョコレート？　いらなーい……甘いんだもの……」

　なんて生意気いうんです。

「このモナカ、いつの？　皮がかたい」

ほんと、ブン殴ってやりたいわよ。

「大丈夫？　賞味期限いつ？」

と、うさん臭そうに箱を見る。私は「勿体《もったい》ながりや」なのでね。賞味期限なんか無視してる。一か月前の期限のものでも平気で食べてますよ。でも、べつに病気にかかることはなく、この通り口も達者です。

うちは来客が多いので、来客用のお茶うけを用意しているけれど、「もうこれはお客には出せない」という状態になると、孫を呼ぶ。だからテキも用心するんです。

子供なんて、それでいい。それで育つものと昔は決っていた。洋服は上の子のお下り、とかね。靴なんか、お姉ちゃんのを爪先《つまさき》に紙を詰めて履いていた。

今は子供は王様ですね。パパよりいいもの着ておいしいものを食べてる。

そんなにしてもらって今の子供は親を尊敬していますか？

話を戻します。子供の出す「サイン」に気をつけなければいけないといわれたって、子供の日記やらメールやらを調べたり、根ホリ葉ホリ質問したりすればしたで、「うるさい親」ということになり、揚句の果ては何かことが起きると、「親の過干渉がこういう事態を招いた」なんていわれることになるでしょう。

まったく「いうは易《やす》し」ですよ。批判論評に明け暮れているうちにも子供らはどんどんおかしくなっていく。無邪気に喧嘩《けんか》や悪戯《いたずら》をすればいいんです。それが子供というものなんですよ。なぜか今の子供はとっ組み合いや叩《たた》き合いをしない。女の子だって。

「イーだ！」

「べーだ……」

と顎《あご》つき出して喧嘩している姿なんて見ませんね。子供の喧嘩や悪戯はエネルギーの発散だったんですよ。

それを「相手の気持をわからなければいけない」というようなことなかれ主義の教育で押え込んでしまいました。子供が子供らしくなくなった、おとなしく、ききわけのいい子になったということは、エネルギーが出所を失って内向《ないこう》しているということです。

子供の出しているサインに気をつけなければ、なんて思ったって、そんなことわかるわけがない。うんと発散させてやればいいんです。子供には子供の自然があります。その「子供の自然」を妙なおとなの知ったかぶりで曲げてはいけない。

薄っぺらな言葉、観念がとび跳ねてる時代です、今は。一億総口舌《こうぜつ》の徒《と》になっている。

子供らよ。しゃべるのをやめて、野に出よう。

何もしゃべらず走れ。飛べ。喧嘩せよ。

空の美しさ、空気のうまさを味わい、これ見よがしに咲くのではなく、静かにふと咲いている道端の小さな花に気づこう。

その花は誰に頼まれもしないのに、春が近づくにつれて凍《い》て土《つち》の中からモゾモゾと動き出し、人知れず芽を出し、茎を伸ばし、花をつけた。

その小さなけなげな力について考えよう。

その力を感じ取ろう。感動しよう。

華やかな花壇の花は、人が造った美しさです。道端の雑草の中に人間とは無関係にひとりで咲く野花。

いくら可憐でもそれを剪《き》って部屋に飾ろうなどと思わない力がいい。それはけなげな野花に対して僭越《せんえつ》です。

この物質文明のこれ以上の進歩を止める――。

それが今、私が考えていることです。

人に話すと、呆《あき》れたように苦笑いして、誰も意見をいわない。――また非現実的なことをいい出して……と思っている顔です。

「――いいですか。佐藤さん、病気や貧乏は不幸で、豊かで健康は幸福。当たり前のことよね。あなただってそれは認めるでしょ。その幸福をすべての人が獲得するためには経済の活性化が必要なんですよね。あなたのいうように文明の進歩を止めたら、経済はどうなるの？　更に新しいもの、便利なものを造り出すことが国の経済を支え、我々の生活を幸せにするんじゃないですか」

そんなことはいわれなくてもわかっている。わかった上で私はいっているのだよッ、と私はいき巻いたけれど、友達はビクともせず、

「とにかく飛躍し過ぎてるわ、その意見」

の一言で話を終わらされてしまったのでした。

そりゃあね。貧乏よりも豊かな方がいいに決まってます。誰だって苦痛に耐えるよりも快適であることを願いますよ。政治の役目は国家と国民の暮しを守ることだから、政治は国益ばっかり考えますね。国益というのは実際の利益、つまり現実そのものですからね。例えば正義と国益とどっちが大切かというと、国益の方が大事だということになる。政治家にとっては国益にかなうことが正義になる。

それでも明治の政治家は「理想」を持ってました。国の発展と同時に国民の精神性を大切に考えていました。つまり、愛国心とか勇気、良心、正直、克己《こっき》などなど。それによって日本人は誇《ほこり》ある国民になりました。けれども今、誇高く生きている日本人はいったいどれくらいいるでしょう。それを大事に思う政治家は政治家として失格になるのかもしれません。

「フランスの詩人ポール・クローデルは（中略）こう語った。

『日本は貧しい。しかし高貴だ。地上に決して亡んでほしくない民族をただ一つあげるとすれば、それは日本人だ』」と。

私の尊敬する藤原正彦《まさひこ》先生は「日本は守るに足る国家と言えるのか」（『この国のけじめ』所収）という文章の中でそう書いておられます。日本は守るに足る国家といえるのか。「まずは日本に独立不羈《どくりつふき》と品格を取り戻すことである。国益とはこれを守るものである」と。

全く同感です。クローデルの言葉に涙が出ました。

でも今、こういう意見に耳を洗われる人はこの国にいったい何人いることでしょうか。だからね、だからこそ、私はね、いかにバカにされようと、「現実（欲望）の充足」以外の価値について考えたいんですよ。

少なくとも人間が怠け者になるような文明はよくないんですよ！

私のいうことを笑う人たちだって、現在の文明社会にそれなりの不安を感じているんだろうと思うのね。皆、ぼんやりと心配しているんじゃないか。この先、どんな世の中になるんだろう、といっている人はよくいるけれど、

「どんな世の中」ということはつまり、「どんな人間」ということでしょう？　子供が友達を殺したり、親が子供を虐待死《ぎゃくたいし》させるなんていうこの頽廃《たいはい》を歎《なげ》いている人は多いけれど、歎いてばかりいたってしようがない。

止めなければいけない。この人間の頽廃を。豊かさと快適ばかり追いかけることをやめよう、といくらいったところで、一方で快適さを与えて儲《もう》けようと考える企業がある限りダメですね。

「現代人は矛盾を生きている」

なんて人ごとみたいにいっているうちはまだいい。そのうち矛盾を生きていることとさえ、認識しない日本人になってしまうんじゃないか。

え？　それで幸せならいいじゃないか、って？

ちがいます。それで幸せではなくなります。質素や忍耐力、努力を美徳と考えるようになろう。

我々はバカになってはいけないのです。バカは幸せではないのです。

兄の訓え

私の長兄サトウハチローは昔の不良少年の「見本」である。世間が、佐藤の息子は不良でしようがないと取沙汰《とりざた》しているだけでなく、父も母も親戚《しんせき》全部が不良だといい、当の本人も不良だと認めているのだから、これほど確かな不良はいない。

「みんなはオレを不良不良というけれど、オレは不良なんかじゃない。誰もオレをわかってくれない」

とグズグズいう不良があちこちにいるけれど、我が家の不良（ハチロー以下三人の兄、全部不良）は全員、己れの不良を認めている不良だった。

ハチロー兄は私にこんな話をしてくれたことがある。

「兄ちゃんがね、中学生の時は、何回も退校処分になってるもんだから、そのたんびに学校を変ったんだ。鵠沼《クゲヌマ》の中学に行ってる時のことだけど、学校へ行く途中に遊廓《ゆうかく》があって、その中を歩くと近道なんだけど、生徒はそこを通っちゃいかんという校則があったんだ。ある日のこと、兄ちゃんは退屈だったから、遊廓へ上ったんだよ。翌朝、歯を磨きながら二階の廊下へ出て表を見ていたら、表の道を向うから教頭がやって来るのさ。生徒には通っちゃいけないといっておいて、自分が通るのは怪《け》しからんじゃないかと思いながら見ていると、向うが目を上げてこっちを見たんだ。パッタリ目と目が合っちゃった。仕方なくいったんだ。『おはようございます』ってね。そしたら退校さ。『おはようございます』って挨拶したら退校にするなんて、ひどい学校だよ……」

こんなふうに面白く話されると、中学生のくせに遊廓へ上るなんて、なんてことなの、と非難する気持なんかどっかへ飛んでしまって、アハハハと笑いこけてすんでしまう。

二番目の節《たかし》という兄は、親からお金をせびり取ることばかり考えていて、女房が病気で入院することになったから、と金の無心、女房のおふくろさんが手術することになったから、とまた無心、おふくろさんが死んだから、と香典を取って行く、おふくろさんはピンピンしているのに。そうしているうちにもう妻の「病気」も妻の母親の「病気」も使い古して効かなくなった。そこで自分が死んだことにして、「タカシシンダ」という電報を仙台の旅館から打った。

うちでは「また始まった。こんなの嘘《うそ》だ、ほっとけ、ほっとけ」と父も母もいっている。けれども、と母は考えた。

——もしも、もしも本当だったら、旅館に迷惑をかけることになる……。

嘘だとは思うけれど、万が一ということがある、と考え、お使いの人が若干のお金を用意して仙台へ向った。

旅館を探し当てて行ってみると、「はあ、佐藤節さま、いらっしゃいます」といって案内された部屋に、節兄は芸者と寝ていて、

「すまん――」

といって右手をつき出した。つまり持って来たであろう金を受け取ろうとしたわけだ。

この話も私が小学生の時に聞いた話である。

子供の頃からこういう話ばっかり聞かされて、私は教育的雰囲気なんてゼロというよりマイナスで育っているのである。

私は怖いものなしの人間のように思われているらしいけど、こんな環境で成長すればたいていい「怖いものなし」になる。

男なんてこんなものだ、と教えられて育ったようなものだもの。だから結婚して夫が浮気しても、一向に驚かなかった。よくいえば男に対する深い理解の持主といえるかもしれないけれど。男の品行なんか、ハナっから諦《あきら》めている。

可愛くない女なのである。私は。兄たちのおかげでこうなった。といっても恨んでいるわけではない。何があってもこだわらず、怨《うら》まず、豪快に生きてこられたのは、毒をもって毒を制すというか、こういう兄の毒素を吸収したおかげだと思っている。

第7章

子供は半人前、一人前ではない

1　サンタクロース考

サンタクロースは本当にいるのか、いないのか。

聞くところによるとオーストラリアではシドニーのキリスト教系の小学校校長がサンタクロースは実在しないと生徒に教え、父母にもそう教育するようにと手紙を送ったので騒ぎになったといいます。父母は「行き過ぎだ。子供の夢を壊した」と批判したけれど、校長は、「キリストの誕生を祝うクリスマスの本当の意味を教えるべきだ」と主張した。それを受けて複数の幼稚園ではサンタの格好で子供たちにプレゼントを渡すことをやめて、プレゼント配りの役をピエロにするという騒ぎ。

ハワード元首相は「サンタクロースは幼少の頃の楽しい思い出なのに」と歎《なげ》いているということだけど、サンタ否定の趣旨は「キリスト教以外の信仰を持つ人への配慮です」ということなのだそうですよ。

長い間つづいてきて、皆がそれでよしとして伝統になっていることをわざわざほじくり出して否定するのは日本だけの風潮かと思っていたけれど、どうも世界的な傾向のようですね。

サンタクロースは実在しない。実在しないものを本当にいるように見せかけるために、わざわざ子供に内緒でプレゼントを買って来て目の届かない所に隠し、子供が寝鎮《ねしずま》ってからこっそり枕《まくら》もと（あるいはクリスマスツリーの下）に置く、というような面倒くさいことをしてまで子供を騙《だま》す必要があるのか、バカバカしい、とムキになっている人がいるけれど、子供には何もかも真実の姿を認識させなければいけない、と堅苦しく考えることはないと私は思う。

赤ちゃんはこうのとりが持ってくる、と思いこんでいる子供だって、ある年齢になればそうでないことが自然にわかる。それがわかった時、

「おとなのウソつき！　ボクを騙したな！　もう親のいうことなんか信じない」

といきまく娘や息子がいるかしらん。いませんよね。

「あたしったら子供の頃、こうのとりが赤ちゃんを運んでくるって信じてたのよ。なんて可愛かったのかしら……」

と笑ってほのぼのとした気分になる方がよっぽど心やすらぐじゃない？

「お父さんがペニスをお母さんのワギナに入れて精子を射精して、それでわたしが生れたんでしょ」

と小学生がしたり顔にいうのと、あなたはどっちをとりますか？　こうのとりが運んでくると思い込んでいたからといって、その人の人生が間違った、

なんて、聞いたことない。

「サンタクロースの姿を見たくて、一所懸命眠るまいとしてたんだけど、とうとう眠ってしまってねえ」

と子供の頃を懐かしむ人もいれば、

「本当はどうもいないらしいと思ってたんだけど、パパやママが真面目《まじめ》に騙そうとしているのを見ると、騙されたフリして、『わーい、わーい』なんてプレゼントを持って飛び跳ねたりして、『サンタのおじいさん、ありがとう!』なんて叫ぶと、パパとママは嬉《うれ》しそうに顔見合せてるの。そういう子供心ってものがあるのよ、親は何も知らないけど」

という人とか、いろいろなケースがあるのが面白く楽しい。子供は未知なものを沢山抱えていて、そして夢がふくらむんです。未知のものがなければ夢も育たない。しかし育った夢はやがて消えていく宿命をもっています。現実の光を浴びることによって、いやでも現実の様相を認識させられていく。

それがおとなになるということなんだ。時間をかけておとなになる。自然におとなになるのがいいんです。自然にわかっていくのがいいんです。「体得」ということはそういうことです。体得したことは血となり肉となってその人の人格を作るけれど、知識で与えられて知った真実は往々にして「それだけのこと」で終わってしまう。偏差値が高くて記憶力抜群なんて子供を私が評価しないのはそういうことなんですよ。

私の孫は小学校五年までサンタクロースは実在すると信じていました。なぜそう思うのかと訊《き》くと、

「神さまは目に見えないけれどもいらっしゃるでしょう？　だからサンタクロースだって目に見えないけれどもいると思うの」

と答えました。

今は目に見えないものの存在をどうして信じることが出来るんだ、という

人が多くなっている。神への信仰は科学信仰にとって代られ、実証出来ないものを信じるのは無知のしるし、といった考えの人がずいぶんいます。孫が通っている小学校はキリスト教系の学校なので、孫も自然に神さまはいらっしゃると思うようになった。それを私はとても喜ばしいことに思っているんです。

「神さまは見えないけれどもいらっしゃる。だから目に見えなくてもサンタクロースはいると思う」

なるほどねえと私は大いに喜びました。クリスマスが近づくと娘は買ってきたプレゼントを「クリスマスまで預かってね」と私の部屋へ持って来ます。クリスマスの朝、孫に、サンタさんから何をもらったの、と訊くと、

「いい匂《にお》いのするノリ……それから消しゴムとか鉛筆とかノートとか」

といってから、

「やっぱり世の中不景気っていうのはホントなのね」

といいました。

私「サンタクロースも不景気なんだね？」

孫「そうらしいのよ」

といい合ったのでした。それが孫が小学校五年の冬でした。

一年経《た》って六年生の冬あたりからどうやら孫はサンタクロースの存在に疑問を感じ始めたようだと娘がいう。試しに訊いてみた。

「今年はモモ子はサンタクロースに何をもらいたい？」

すると孫は、

「うーん……そうだねえ……」

と口籠《くちごも》っている。

「サンタクロースのこと、去年まではいると思ってたけど……」

「今年は？」

「どうもいないらしいなあと思ったり……」

「お友達はなんていってるの？」

「いないっていうのよ、みんな。でもいるという人もいる……今んとこ、いるといないとのせめぎ合いなんだ……」

この頃はどうもいないらしいと考えている。けれどもお友達が「そんなもん、いるわけないじゃん」というのを聞くと、「カチンとくる」のだそうです。

「前はモモ子はサンタクロースにプレゼントのお礼の手紙を書いてたのに……」

と娘は淋《さび》しそうにいいました。

「『サンタクロースさん、すてきなプレゼント、わたしがほしかったものばっかり、ありがとうございました。どうか、神さまにも心からのわたしのお礼をお伝え下さい』って」

娘はそういって、目が潤《うる》むのを見られまいとするように横を向いたのでした。

娘よ、歎きなさんな。これでいいのだ。人はみな、こんなふうにして成長するんだよ。それぞれのプロセスを経ておとなになっていく。サンタクロースなんかいないと知っているけれど、子供たちにはいるような顔をしてみせるおとなになるのよ。

そうしてある日ふと、サンタクロースがいると信じていた子供の頃を思い出してしみじみと懐かしく、もの哀しさに浸ります。あの頃にもう一度戻りたいとしみじみ思ったりする。それが人生の潤《うるお》いというものでしょう。潤いがその人を豊かにする。つかみどころのない夢はないよりあった方がいい。少ないより多い方がいいのよ。

2　暗澹

どうしてこの頃は、こうせっかちなんだろう？　なぜこんなに子供を早くおとなにしようと考えるんだろう？

埼玉県行田《ぎょうだ》市は小中学校の教員の募集をし、その採用試験に小中学生を試験官として立ち合わせると発表した、と平成十五年十一月三十日の産経新聞は報じています。応募者に模擬授業をさせ、それを生徒、児童が聴講して教育委員や学校長らと一緒に採点するのだそうである。

「時代の変化に応じた教育改革のひとつ」であると教育委員会の学校教育部長が語っている。

「子供は鋭い感性を持っているし、大人が考える以上に物事を判断できる。

教師との信頼関係もこれで深まると思う」

と四十七歳の女性小学校教諭がコメントしているのを見て、私は、悪い夢を見ているのではないかと、周りを見廻《みまわ》しましたよ。

「子供は鋭い感性を持っている」かもしれないけれど、それはただの感性じゃないか？　ものごとの判断を感性だけでやられてはたまったものじゃない。経験によって培《つちか》われた洞察力がなくて、判断が成り立つわけがないのだ。

鋭い感性とは何ぞや。

子供の感性なんぞ、要するにスキ、キライに過ぎないですよ。早い話が口うるさい先生よりも何でも大目に見る先生の方が、ガキンチョの感性に適《かな》うに決ってるわ。

口うるさく叱《しか》ってばかりいるけれど、教育について深く考えている先生もいれば、何も考えていないで、ただ面白くて気がいいだけの先生もいる。この子供たちをどんな人間にしたいか、そのために何を教えるべきか、をしっかり把握していることがまず教師としての第一の資格じゃないのか？

そんなことが、十や十一のガキンチョにわかるわけがないんです。そんなガキの意見を聞くことが何の足しになる。今、教育界では全国的に教育のあり方について熱心に考えているように見受けられるけれど、「下手《へた》の考え休むに似たり」という諺《ことわざ》があるわ、こんなことなら考えない方がマシということが多過ぎる。

朝日新聞は、

「都立高の先生、

生徒が採点」

という見出しで、東京都教育委員会が、すべての公立高校で生徒が先生を評価する制度を全面導入することを決めた、と報じています。

その「教育評価質問案」の幾つかを紹介すると、

・先生の説明はわかりやすいですか。

・黒板の内容は整理されていますか。
・授業の始まりと終わりの時間は守られていますか。
・熱心に教えてくれましたか。
・先生は授業の準備を十分にしていますか。
・生徒の考えや意見を大切にしてくれますか。
というような他愛のないもので、呆《あき》れ返りながら読みつづけると、
・生徒を励ましてくれますか。
・授業はあなた自身の役に立つと思いますか。
・やる気がおこる授業でしたか。
と、まあ、こんな具合で、いったいどんな人がどんな顔をしてこの質問を考えたのか、その考えてる現場、その顔を見たかった、と思ってしまう。

更に呆れ返ったのは、既《すで》に実施しているという高校の質問例として、
・チョークの色の使い方はどうでしたか。

・しかり方が上手ですか。
・講義にユーモアがありますか。
に到っては、揚げ足とるは易《やさ》しいがもはやなにいう気もなくなった。

こうして育った子供がやがて日本を背負うのか！　ただただ暗澹《あんたん》とするばかり。しかしそういってももしかしたら、なぜ暗澹とするのかわからない教育委員がいるかもしれないと思ったり、そのうちアンタン？　アンタンってなに？　という若者が現れるんじゃないかしらん。


小学校の女生徒が友達をカッターナイフで殺すという事件が起きました。

これであの学校の生徒たちは殺すということがどんなに「むごたらしく悪いこと」であるかを身をもって知ったでしょう。

「なぜ人を殺してはいけないんですか」

と寝呆《ねぼ》けたことを、今後は絶対口にしないにちがいないと思うわね。

まう。

「なぜ」「どうして」を教えるのが教育だと考えていると追い詰められてし

「なぜ殺すことは悪いことかわからんのか。よし、それでは教えてやる」

といっていきなりその子をつかまえて首を締め上げる。そうすれば苦しがってジタバタするでしょ。

「助けてェ」

と叫びたくても声も出ず――。

「わかったか、殺されるということはこういうことなんだ」

そうして教えるしかないわね、もう。

「苦しいだろう。怖かっただろう？　殺すということは、こんな苦しみを人に与えることなんだ。こんなにむごたらしいことなんだ。これが悪いことでなくて何なんだ」

そうつけ加えなければ、まだわからないかもしれない。

経験させてわからせるしかないのよ。今となっては。

道端で犬が吠《ほ》えかかってきた。うるさいッと怒って棒ギレで殴ったら、犬はキャーンと一声啼《な》いて倒れた。

さっきまで元気に走り廻ってた犬が動かない。ゆさぶっても、呼んでも動かない。口から血を流したまま、開いたままの眼は閉じない――。

それが死だ。そのむごたらしい姿が教えてくれる。殺すことの無惨《むざん》さを。殺すとは「とり返しのつかぬこと」をすることだ。犬はもう吠えない。ここにはいない。二度とその姿を見ることはない――。さっきまでの実在を自分が消失させたことについて、何も感じないでいられるものだろうか？

いられないでしょ。人間なんだから。

人はけ、も、の、ではないからね。それは言葉以前の、その人間の感性の問題ですよ。

しかし、こういうことをいう手合いがいるから、話がややこしくなる。

「吠えた犬が悪い」とね。

「放し飼いにした飼主の責任だ」

またこんなことをいう人もいるだろう。

「その時、殺した男はどんな心の状態だったのか。彼の心の闇《やみ》を理解しなければ」

言葉、言葉、言葉。理屈。分析。

心の闇を理解する？

自分でもわからない「闇」を、他人がどうしてわかるんですか？

精神分析でわかると思っているのがふしぎだ。精神分析医は神サマか？

終りに

いや、もう飲めません、この頃はすっかりダメになりました。といいながら、「では折角ですから、イッパイだけ……」とコップに口をつけたのが始まりで、ビールに日本酒、焼酎、ウィスキーまで、際限なくなった酒飲みみたいに、

「この頃はもう、何をいう元気もなくなりました」

といっていた割には、常識も品位もかなぐり捨てて、世の批判、反発ものともせず、しゃべりまくりました。

というのも、八十歳になった今は自分の安泰、幸せよりも、この国のことを考えるようになったからで、今の日本の有さま、あれやこれや見聞きするにつけ先行きを心配せずにはいられない。

日本はこのままいくとダメになる、といろんな年輩者が心配しています。

けれども若い人たちの殆《ほとん》どは先行きの心配よりも今の安穏《あんのん》、自由だけを考えている（先行きの心配をするとしたら、年金のことだけじゃないのか？）。「若い人」といっても十代、二十代だけではない。私にいわせれば三十代・四十代・五十代も入ります。「ヨン様」にウツツを抜かしているのは五十代からもしかしたら六十代もいるかも――と、ここでまた文句が始まりそうになってきたので、急いで口をつぐみます。

私はなにも文句をいうことを老後の楽しみにしているわけではないんですよ。我が祖国、愛する日本の前途を思う眞情《しんじょう》が私をおしゃべりにさせているのだということを、どうかわかって下さい。

平成十六年九月一日

佐藤愛子　敬白

文庫版後書き

この語り下ろしが上梓《じょうし》されたのは平成十六年、今から五年前である。その終りの言葉の中で私はこういっている。

「私はなにも文句をいうことを老後の楽しみにしているわけではないんですよ。我が祖国、愛する日本の前途を思う眞情《しんじょう》が私をおしゃべりにさせているのだということを、どうかわかって下さい」と。

それから五年経った。その五年の間にこの国はどう変ったか。ここで私がいい立てるまでもなく、日々の新聞テレビ報道で読者の皆さんも先刻ご承知のことだろう。

いったい日本はどうなっていくんでしょうという言葉も、もはや陳腐な挨《あい》拶《さつ》にすぎなくなった。そして私のおしゃべりからも力が脱けてきた。

「さあ……どうなるんでしょうか……」

我ながらほんとうにおとなしくなってしまった。かつては、「このままじゃ、そのうち滅びますよッ！」

そういう声におのずから怒気が籠《こも》っていたものだが。

そこへやってきたのが世界の経済不況だ。そしてそのうちいつか、食糧危機がくるような気がする。敗戦のどん底から高度経済成長、そこからバブル、それが弾けて今は衰退に向っている日本。ここをどう踏《ふん》ばるか、どう生きるかに日本の命運がかかっている。それを思うと、緊褌《きんこん》一番――といっても私は女であるから褌《ふんどし》はしていないが、まあとにかくそういう気持で頑張らねば、と思い決めた。どんなふうに頑張るか。それについては、この後書きなぞで披瀝《ひれき》するのは勿体《もったい》ないから、ここではいわない。次作を待たれよ。

平成二十一年三月

佐藤愛子

この作品は二〇〇四年十一月、海竜社より刊行されました。
JASRAC　出0904220―802

集英社文庫

自讃ユーモアエッセイ集

これが佐藤愛子だ 全八巻

昭和から平成へ、移りゆく世相を描く痛快無比のエッセイの傑作。

1
第一章「さて男性諸君」、第二章「こんないき方もある」、第三章「愛子の小さな冒険」、第四章「愛子のおんな大学」、第五章「私のなかの男たち」

2
第一章「丸裸のおはなし」、第二章「坊主の花かんざし(一)」、第三章「坊主の花かんざし(二)」、第四章「坊主の花かんざし(三)」、第五章「坊主の花かんざし(四)」

3
第一章「朝雨 女のうでまくり」、第二章「女の学校」、第三章「こんな幸福もある」、第四章「娘と私の部屋」、第五章「男の学校」、第六章「一天にわかにかき曇り」

©村上豊

④
第一章「娘と私の時間」、第二章「枯れ木の枝ぶり」、第三章「愛子の日めくり総まくり」、第四章「愛子の新・女の格言」、第五章「こんな考え方もある」

⑤
第一章「女の怒り方」、第二章「日当りの椅子」、第三章「古川柳ひとりよがり」

⑥
第一章「幸福という名の武器」、第二章「男と女のしあわせ関係」、第三章「老兵は死なず」、第四章「娘と私のただ今のご意見」、第五章「こんな暮らし方もある」

⑦
第一章「憤怒のぬかるみ」、第二章「何がおかしい」、第三章「こんな女もいる」、第四章「こんな老い方もある」、第五章「上機嫌の本」、第六章「死ぬための生き方」

⑧
第一章「娘と私と娘のムスメ」、第二章「戦いやまず日は西に」、第三章「我が老後」、第四章「なんでこうなるの」、第五章「だからこうなるの」、第六章「老残のたしなみ」

佐藤愛子の全エッセイから傑作・秀作を再編集。

集英社文庫　目録（日本文学）

集英社文庫

日本人《にほんじん》の一大事《いちだいじ》

2009年5月25日　第1刷
2018年3月18日　第2刷

定価はカバーに表示してあります。

著　者　佐藤愛子《さとうあいこ》

発行者　村田登志江

発行所　株式会社　集英社
東京都千代田区一ツ橋2-5-10　〒101-8050
電話　【編集部】03-3230-6095
【読者係】03-3230-6080
【販売部】03-3230-6393(書店専用)

印　刷　中央精版印刷株式会社　株式会社美松堂

製　本　中央精版印刷株式会社

フォーマットデザイン　アリヤマデザインストア　マークデザイン　居山浩二

ISBN978-4-08-746439-9 C0195